KB172199

쓰는 사람, 이은정

쓰는 사람, 이은정

요즘 문학인의 생활 기록

포르*체

프롤로그

당신이 나를 읽어준다면

제대로 살고 있는지 매일 의심하지만 제대로 사는 게 뭔지 잘 모르겠다. '제대로'까지 생각하기엔 너무 숨 막히니까. 제대로 살고 있지 않아도, 명랑하지 못하더라도 괜찮은 것 같다. 다들 때로는 그렇게 살아간다는 걸 눈치채고서야 내 삶에 조금 관대해질 수 있었다. 늦었어도 괜찮아. 계속 느려도 괜찮아.

글을 쓴 지 참 오래되었는데도 작가가 된 건 얼마 되지 않았다. 그 시간이 오래 걸린 이유는 혼자였기 때문인 것 같다. 글 쓰는 방법을 가르쳐주는 사람도 없었고, 어떻게 하면 작가가 될 수 있는지 이끌어주는 사람도 없었고, 전업 작가의 삶이 얼마나 고단한지 말해주는 사람도 없었다. 아기가 태어나서 성인이 되는 시간인 딱 스무 해가 걸렸으니, 내게 있어 등단은 마치 성인식이나 결혼식 같았고 책이 나올 때마다 출산하는 기분이 들 정도로 힘들었다. 나는 지금 세 번째 산고를 겪는 중이다. 누군가 버둥거리는 내 손을 잡아주었으면 좋겠다.

칠 년이라는 짧지 않은 세월 동안 노인들과 동무하며 글 쓰는 삶을 살고 있다. 그 전에는 도시에서 아이들을 가르쳤다. 지금 딱 그들의 중간쯤 나이를 먹고 보니 아이에서 노인이 되는 삶이란, 깨끗한 백지가 글자로 가득 차는 과정이라는 걸 느꼈다. 그런 의미에서 내 생의 여백 한 부분을 이 책으로 채우려고 한다. 그토록 채우고 싶었던 여백을 늦은 나이에 조금씩 채우고 있다.

나는 쓰는 사람이다. 소설도 쓰고 에세이도 쓰고 시나리오도 쓴다. 내게 번번이 실패와 좌절을 맛보게 한 것도, 가장 강렬한 기쁨과 행복을 준 것도 모두 문학이었다. 지금은 읽고 쓰는 일이 내 인생의 전부다. 그게 전부라고 말할 수 있어서 너무 멋진 것 같다. 나는 여전히 가난하고 무명하고 그래서 자주 우울하다. 그러나 먹고 사는 일이 아무리 고단해도 살아있는 동안은 세상을 읽고 사람을 쓰는 전업 작가로 살겠다.

언젠가 내가 늙고 병들거나 더 이상 생의 여백이 남지 않아 글을 쓸 수 없게 되더라도, 마지막에 기어이 이 문장은 남기고 싶다. "쓰는 사람이어서 행복했다."라고. 이 책이 그 행복에 한발 다가설 수 있게 해줄 거라고 믿는다. 당신이 나를 읽어준다면, 어쩌면.

2021년, 봄과 여름 사이에

이은정

2장.

나의 오늘에 충실할 것

3장.

나에게 말을 건 생각들

4장.

슬픔을 딛고 다시 삶으로

1장.

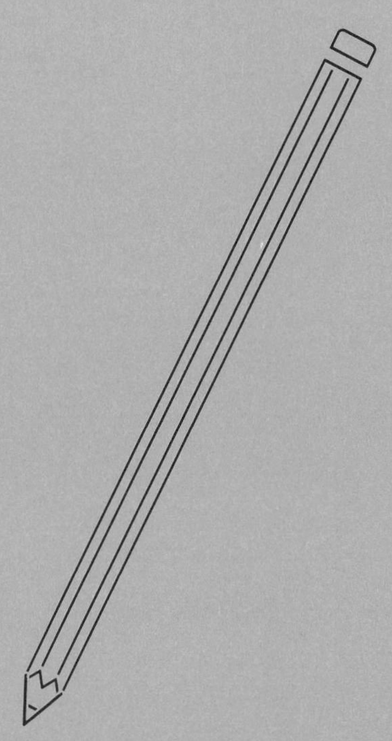

당신과
온기를
나눈다는
것

기적은 가까이에 있다

살던 집 계약이 끝날 무렵이었다. 인터넷으로 집을 알아보기 시작했다. 바닷가로 가고 싶어 바다가 인접한 지역의 매물을 위주로 살펴보았다. 어느 날 어촌의 작은 마을에 있는, 내 마음에 쏙 드는 아담한 주택을 발견했다. 그러나 매매로 나온 집이었고 나는 그럴 만한 형편이 되지 않았다. 마음을 접고 다른 집을 알아보았지만, 그 집이 계속 눈에 밟혔다. 구경이라도 하고 싶었다. 덜컥 집주인과 약속을 잡았고 아침 일찍 먼 길을 나섰다.

오래된 흙집. 작은 방 두 칸에, 마당은 마당이라고 할 수도 없을 만큼 작았지만 혼자 살기에는 그만이었다. 무엇보다 마당에서 백 미터도 안 되는 거리에 펼쳐진 바닷가는 내 마음을 훔쳐 가버렸다. 나는 그만 욕심이 났다. 주인아주머니에게 은행에 대출이 가능한지 알아보고 오겠다고 말한 후 읍내에 있는 은행으로 향했다. 은행 직원은 냉정했다. 필지가 오십 평도 안 되고 건물은 오래된 촌집이라 대출 산정이 불가하다고 말했다. 실망과 아쉬움을 안고 은행을 나오니 노을이 지고 있었다. 나는 곧장 집으로 돌아가려다가 다시 그 집으로 향했다.

돌아온 나를 본 주인아주머니는 눈을 동그랗게 뜨며 반색했다. 사양하는 나를 굳이 집 안으로 들이며 차도 내어주었다.

나는 솔직하지 않을 이유가 없어서 솔직하게 말했다. 집은 마음에 드는데 매매로 들어올 형편은 안 된다고. 괜한 욕심을 내어 은행까지 갔다고…. 사실, 시골에 있는 작은 주택이라 매매하는 데 큰 금액이 드는 것은 아니었기에 몹시 민망하고 부끄러웠다. 이 나이까지 그 돈도 못 모으고 무얼 하며 살았는지 자책하느라 차마 고개를 들지 못했다.

"그냥 돌아가려고 했어요. 근데 혹시 결과를 기다리실까 봐 말씀드리러 왔어요."

내 말을 들은 주인아주머니는 대단히 감동한 표정으로 말했다. 사람들이 집을 보러 많이 오는데 보통은 말없이 가버린다고. 계약하지도 않을 거면서 다시 돌아와 인사하는 사람은 처음 본다고. 가진 게 얼마인지는 모르겠지만, 전세도 좋고 월세도 좋으니 여기 와 살라고.

나는 어안이 벙벙했다. 이내 주인아주머니는 내 손을 꼭 잡더니 고운 목소리로 말했다. 그렇게 바르게 살면 좋은 일들이 생긴다고…. 그 말 때문에, 그 따뜻한 손 때문에, 나는 그만 주체할 수 없는 울음이 터지고 말았다. 여기 와서 글 열심히 쓰겠다며 연신 머리를 조아리는 나에게 아주머니는 더욱 반색하며 말했다.

"작가였구나! 좋은 작가가 되겠어."

나는 그 집에서 쓴 소설로 문학상에 당선되어 소설가가 되었다.

기적 같았던 그때의 기억은 내 인생에 아주 큰 교훈을 남겼다.

비록 지금도 가진 것은 없지만, 그것과 상관없이 늘 정직하게 살아야겠다는 마음을 다지게 했다. 물질적인 빈곤이야 조금씩이나마 채워갈 수 있었다. 반면에 정신이나 마음의 빈곤은 아무리 노력해도 채우며 살기 쉽지 않았다. 하지만, 그때 주인아주머니의 배려가 내 마음 속 절대적 빈곤을 채워준 느낌이었다. 메마르고 허기진 마음 때문에 오랫동안 갈증에 시달렸던 나는 내 마음이 채워진 만큼 다른 사람 마음도 채워주면서 살고 싶어졌다.

'연습 없이 던져진 인생. 그렇다면 매일 연습하는 기분으로 살아볼까?'

농담처럼 결심했지만, 현실을 깨부수는 강렬한 어록은 언제나 농담 속에 있었다.

사람들을 대면할 때 다정한 눈동자와 목소리, 예쁜 미소를 세팅하고 나의 가난이나 결함 따위에 솔직해지는 연습을 시작했다. 고달픈 일상을 사는 주제에 가식으로 보이지는 않을까 걱정하기도 했지만, 어디까지나 연습이니까.

그러나 막상 밝고 건강한 내 모습을 본 누구도 가식이라고 생각하지 않았다. 오히려 내가 쓰는 글에 비해 사람은 밝아 보여서 좋다고 말해주었다. 계속 연습하다 보니, 늘 우울함에 절어서 축 늘어져 있던 입꼬리가 필러라도 맞은 것처럼 방긋 올라가기 시작했다. 그 연습을 지속하고 나서부터 자꾸 새로운 청탁이 들어오고 주위에 좋은 사람들이 모였다. 덕분에 연습이 곧 인생이 되어가는 기분이었다.

작은 연습이 습관이 되면 인생이 되고, 나도 모르는 사이에 꿈 같은 행운이 들이닥친다는 걸 믿게 되었다. 기적은 몸과 마음을 예쁘게 부리는 작은 습관 속에서 조용히 찾아온다는 것을 말이다.

타인의 인생에는 관대하지 못했다

바닷가 마을에 살 적에 나는 동네 어르신들의 귀여움을 독차지했었다. 딱히 내가 예쁜 짓을 해서가 아니라 젊은 사람이 워낙 드물었기 때문일 것이다. 여하간 대문 밖에만 나서면 내 손에는 잘 익은 과일이나 흙 묻은 채소, 하다못해 작은 땅콩이라도 쥐어졌다.

그런 마을 분위기에서 곁을 주지 않는 딱 한 집이 있었다. 그 집에 혼자 사시는 허리 굽은 할머니는 여간해서 모습을 보기 힘들었다. 정확한 이유는 모르겠지만, 동네 주민들 사이에서도 평판이 썩 좋은 편은 아니었다. 입이 거칠고 이기적이라는 소문을 들었다. 내가 인사할 때마다 그 할머니는 내 인사를 무시했고 그래서 나 역시 좋은 인상을 받지는 못했다. 그렇게 데면데면 살던 중이었다.

밤낮으로 무더웠던 어느 날, 대문 쪽에서 수상한 소리가 나서 깜짝 놀랐다. 우리 집은 어둑해지면 파도 소리밖에 들리지 않았기 때문에, 무슨 소리인가 싶어 마당으로 내려섰다. 누군가 대문을 탁탁 치고 있는 것 같았다. 조심스럽게 대문을 열어보니 그 할머니가 가슴팍을 움켜쥐고 바닥에 앉아있었다.

"왜 그러세요? 어디 편찮으세요?"

놀라서 할머니 앞에 쭈그리고 앉았더니, 한쪽 손으로 내 팔을 움켜쥔 할머니가 애절하게 부탁했다.

"나 좀… 병원에 데려다줘…."

구급차를 부를 생각도 못한 나는 잠옷 차림으로 차 열쇠만 들고나와서 할머니를 차에 태우고 병원으로 향했다. 할머니를 의료진에게 맡긴 나는 옆집에 전화를 걸어 할머니 자녀에게 알려달라고 부탁했다. 한숨 돌리고 대기실 의자에 걸터앉았다. 참 많은 생각이 맴돌았다.

할머니 집에서 우리 집까지의 거리는 백 미터 정도였다. 그

사이 집이 여러 채 있었는데, 할머니는 그 집들을 지나쳐 굳이 멀리 있는 우리 집까지 왔다. 오래된 이웃들을 지나치고 평소 인사도 받아주지 않던 우리 집까지 아픈 몸을 이끌고 온 백 미터 만큼의 시간. 그 마음이 어땠을까. 긴급한 상황에서도 가까운 이웃들에게 도움을 청할 수 없었던 할머니에게는 무슨 사연이 있었을까. 나는 왜 다른 사람들의 말만 듣고 선입견을 품었을까. 그렇게 살아야만 했던 이유가 있었을 텐데…. 남다른 삶에는 분명 원인이 있기 마련인데…. 나 또한 혼자 궁색하게 살게 된 이유가 있으면서, 타인의 인생에는 관대하지 못했구나…. 이기적인 건 할머니가 아니라 바로 나였다.

한숨을 내쉬며 고개를 숙이니 급하게 신고 나왔던 왼쪽 슬리퍼 귀퉁이가 할머니의 삶처럼 조금 찢어져 있었다.

며칠 뒤 할머니의 딸이라며 중년의 여자가 찾아왔다. 커다란 수박과 복숭아 한 상자를 대문 안으로 밀어 넣어주며 고맙다고 말했다. 자식들이 모신다고 해도 싫다고 그렇게 고집을 부린다며 속상한 표정으로 말했다. 여자 혼자 물질하며 자식들 키우느라 욕심을 많이 부리고 살았다고, 그것 때문에 이웃들과 사이가 안 좋다고 했다. 마지막으로,

"엄마가 우리 밭에서 아무거나 가져다가 드시래요. 언제든지요."

울컥해진 나는 아무 말도 할 수가 없었다. 작은 어촌 마을에서 물질에 욕심내고 살아온 그 할머니보다 단합하여 따돌린 나머지 이웃들이, 발 없는 소문을 믿은 내가 더 나쁜 것 같아서. 한여름 땡볕처럼 얼굴이 뜨거워졌다.

너무 슬픈 어른이 되지 않기를

—

밥벌이가 신통치 않아 인터넷 게시판에 논술 과외 광고를 올렸다. 고등학생 한두 명만 가르쳐서 월세라도 버는 게 목적이었다.

어느 날, 젊은 남자로부터 전화가 왔다. 초등학생 논술 과외는 안 되냐고 물었다. 솔직히 말해서 초등학생은 하고 싶지 않았다. 일단 내가 가르치는 재미가 없었고 가르치는 일 말고도 손이 많이 갔고 무엇보다 수업료가 적었다. 적당한 거절의 문장을 찾느라 망설이는 내게 남자가 말했다.

"저 혼자서 딸아이를 키우는데, 밤 늦게까지 아이가 혼자 있습니다. 주 이틀 대리운전하는 날만 그래요. 이틀만 해주시면 안 될까요?"

본의 아니게 자세한 사정을 듣게 되었다. 고등학생만 모집한다는 걸 알고도 그가 내게 전화한 이유는 우리가 같은 동네에 살고 있기 때문이었다. 아이는 철이 빨리 들어서 온순하고 착하다고 말했다. 계속된 설득에 내 마음은 점점 약해졌다. 자세한 얘기를 나누고 아이도 만나볼 겸 오 분 거리에 있는 그 집을 방문한 나는 과외 대신 재능 기부를 하고 싶다고 말했다. 남자는 감사히 받아들였다.

과외나 재능 기부보다는 보살핌에 가까운 날들이었다. 아버님이 대리운전하는 날에 그 집에 가서 아이랑 책 읽고 수다 떨며 아버님이 퇴근할 때까지 기다려주는 게 전부였다. 아이는 말수가 적고 참 착했다. 책을 읽어주면 가만 앉아서 귀 기울였고, 재미있는 이야기를 해주면 조용히 웃기만 했다. 가끔 간식을 함께 먹을 때는 내 몫을 먼저 권하는 어른스러운 아이였다.

그렇게 일 년이 다 되어갈 무렵이었다. 대리운전하는 날인데도 아버님이 집에서 기다리고 계셨다. 처음 있는 일이었고 그것이 곧 마지막이라는 느낌이 들었다. 역시나 이름도 생소한 먼 시골로 이사한다고 했다.

사정은 묻지 않았다. 아이 아버님이 처음이자 마지막으로 내민 봉투도 받지 않았다. 대신 통닭을 사달라고 했다. 그건 아이가 가장 좋아하는 거였는데, 나도 형편이 어렵다 보니 쉽게 사주지 못했다. 그동안 아이와 내가 먹은 간식이라고는 삶은 고구마나 아이스크림같이 소소한 것들이 전부였다.

우린 처음이자 마지막으로 다 함께 통닭을 먹었다. 못다 한 이야기를 하며 아쉬운 작별 인사를 건넸다. 아삭아삭. 무 씹는 소리가 유난히 민망하게 들렸다.

갑자기 아이가 닭 다리 하나를 들고 운다. 어깨를 들썩이며 조용히 운다. 나와 아버님 중 누구도 왜 우는지 묻지 못했다. 그저 그 마음을 알 것 같아서 덩달아 눈가가 시려왔다. 닭똥 같은 눈물이 맺힌 입술로 통닭을 뜯던 아이는 슬픔을 대하는 법을 알고 있었다. 얼마나 참았던 눈물이길래 통닭을 입에 물고 우는 것일까.

어쩌면 나보다 더 많은 걸 알고 있을 아이와 헤어지고 오는 차 안에서 눈물이 멈추지 않았다. 일찌감치 많은 상처를 얻은 그 아이 대신 이미 슬픈 어른이 된 내가 울 수 있었으면 했다.

울거나 이별하기에는 날씨가 너무 좋았던 그날. 야속하게도 그런 기억은 잘 사라지지 않는다.

다시는 그 아이가 통닭을 먹으며 울지 않기를, 어떤 음식을 먹다가도 눈물이 나지 않기를, 나처럼 너무 슬픈 어른이 되지 않기를 기도한다. 어른들 사정이야 어떻든 아이들은 그저 웃을 수 있는 세상이었으면 좋겠다.

정을 굽는 할아버지

—

감기 때문에 입맛이 없어서 죽을 사러 나섰다. 죽을 파는 가게 앞에 도착하니 주차할 공간이 없어 느린 속도로 시내를 헤매는 중이었다. 오래된 이발소 옆 골목에서 한 할아버지가 군고구마를 팔고 있었다. 정말 오랜만에 보는 군고구마 장수였다. 죽을 파는 가게 앞은 여전히 만차였다. 나는 이발소 앞에 차를 세웠다.

"고구마 얼마예요?"

마스크를 벗으며 묻자 할아버지는 한 봉지에 만 원, 이라고 짧게 대답했다.

"몇 개에 만 원인데요?"

비싼 가격에 놀란 내가 물었다. 할아버지는 여섯 개, 라고 대답하며 나를 뚫어지게 쳐다보았다. 여섯 개는 너무 많았고 만 원은 너무 비싸게 느껴진 나는 돌아설 타이밍을 찾고 있었다. 기침이 계속 터져 나와서 다시 죽을 사러 갈까 고민했다. 그때 할아버지가 말했다.

"몇 개 먹고 싶은데?"

나는 웃음이 터져버렸다. 몇 개 사고 싶냐는 것도 아니고 몇 개 먹고 싶냐는 질문은 해맑은 시 한 구절 같았다. 몇 개 먹고 싶은지는 나도 알 수 없었고 웃으면서도 기침은 계속 나왔다. 웃고 있는 나와 무뚝뚝한 할아버지의 눈이 마주쳤다. 우리는 함께 웃었다. 한겨울의 이른 저녁, 추위에 떠는 두 사람 사이로 구수한 연기가 모락모락 새어 나왔다.

"그럼 오천 원어치만 주실래요?"

마주 보고 웃은 사이에 그냥 돌아설 수 없었던 나는 적당한 흥정을 하려고 했다. 할아버지는 질문에 대답은 하지 않고 봉투를 펼쳤다. 내 주먹보다 조금 더 큰 고구마 세 개가 봉투에 담겼다. 내가 만 원짜리 지폐를 건네자 할아버지는 이발소 안으로 들어갔다. 거스름돈이 없는 모양이었다.

잠시 후, 할아버지는 오천 원짜리 지폐를 내게 건넸다. 그리고 작은 병을 또 건넸다. 받아서 들여다보니 쌍화탕이었다. 거스름돈을 가지러 이발소 안으로 들어갔던 것인지 쌍화탕을 가지러 들어갔던 것인지 모르겠지만, 그 순간 모든 감기 바이러스가 사라지는 느낌이었다. 군고구마처럼 뜨끈뜨끈한 쌍화탕을 손에 들고 감동에 젖어있는 내게 할아버지는 말했다.

"추우니까 빨리 가라!"

말씀은 끝까지 무뚝뚝했다. 나는 감사 인사를 하고 차 안에 들어가서 할아버지를 쳐다보았다.

할아버지는 빈칸에 생고구마를 넣고 있었다. 웃긴 장면도 아닌데 자꾸 웃음이 나왔다. 한 시절의 겨울을 낭만으로 기억하게 했던 군고구마는 점점 사라지고 있는데, 저 무뚝뚝한 할아버지는 팔리지도 않는 낭만을 계속 굽고 있었다. 아, 어쩌면 낭만이 아니라 정을 굽는지도 모르겠다.

마음을 얻어 돌아오던 길

햇볕이 좋아서 마당에 앉아있었다. 반려견 장군이의 털을 빗겨주며 나른한 오후를 보내는 중이었다. 어디선가 인기척이 들렸는지 얌전히 앉아있던 장군이가 짖기 시작했다. 장군이가 주시하는 대문 너머를 바라보았더니 건넛집 할머니가 돌담을 짚고 힘겹게 서 계셨다. 나는 다급히 대문을 열었다.

"저한테 오시는 거에요?"

할머니 쪽으로 다가가며 물었다.

나는 모든 이웃들과 사이가 좋았지만, 그 할머니는 몇 달씩 입원하는 일이 잦아서 다른 이웃들에 비해 왕래가 별로 없었다. 할머니는 길게 말하기도 힘든 모양인지 휘파람 불듯이 숨을 내쉬더니 다짜고짜 따라오라고 하셨다. 나는 이유도 모른 채 따라나섰다.

우리 집에서 할머니 댁까지 고작 이삼 분 거리였다. 그 길을 가는 동안 할머니는 세 번쯤 멈춰 서서 숨을 고르셨다. 부축하려는 내 손은 마다한 채 그저 쉬었다 걷고 쉬었다 걸었다. 심장 수술을 받고 난 후 걷는 게 불편해졌다고 하셨다. 나는 할머니 걸음걸이에 맞추어 천천히 그 짧은 길을 걸었다.

'무슨 일일까. 저렇게 힘들게 우리 집까지 와서 나를 부른 이유가….'

물음표를 안고 할머니 집에 도착했다.

미닫이 현관문을 열자 집 안에서 김치 냄새가 와르르 쏟아져 나왔다.

할머니를 따라 부엌에 딸린 작은 방으로 들어갔다. 곳간 같은 곳이었다. 커다란 대야에 이제 막 무친 배추김치가 새빨가니 달아올라 있었다. 할머니는 비닐장갑과 커다란 위생 봉지를 내게 건네며 원하는 만큼 담아가라고 하셨다. 나는 김치를 비닐봉지에 옮겨 담으며 조금 울컥한 목소리로 물었다.

"이거 주고 싶어서 직접 오신 거예요?"

벽에 기대앉아 숨을 고르던 할머니가 대답했다.

"주고 싶은데 들고 갈 수가 있어야지."

나는 방금 무친 김치와 잘 익은 신김치까지 한 아름 얻어서 돌아왔다. 내가 얻어먹을 음식을 내가 직접 가서 퍼 온 건 처음이었다. 왔던 길이 참 멀게 느껴졌다.

누군가는 세 번이나 쉬어 가야 했던 길.

얻기 위해서가 아니라 주고 싶어서 다녀간 먼 길.

그 길은 나누고 싶은 사람의 마음처럼 가볍지 않았다. 마음의 무게가 느껴졌다. 뭔가를 나누고 싶지만 가져다줄 기력이 없다면 얼마나 서글플까. 어리석은 나는 그 마음을 아직 모르겠다. 그저 사랑도 정(情)도 건강해야 주고받을 수 있다는 걸 그 먼 거리를 걸으며 깨달았다.

굳게 닫힌 문

예약한 식당에 약속 시각보다 일찍 도착했다. 먼저 들어가 수저라도 놓을 생각에 식당 문을 당겼다. 열리지 않는다. 다시 당겨도 문은 굳게 닫혀있다. 분명히 예약한 날짜와 시간이 맞는데 당황스러웠다.

똑똑. 문을 두드렸다. 아무 소리도 들리지 않는다. 다시 두드렸더니 어린아이 목소리가 들렸다. 이제 겨우 말을 시작한 남자아이 같았다.

"아가. 문 좀 열어줄래?"

나는 문틈에 입을 갖다 대고 다정하게 말했지만, 아이가 뭐라고 대답하는 말을 알아들을 수가 없었다.

"아가. 엄마는 어디 갔니?"

아이가 대답했다.

"엄마. 없어. 엄마. 똥 싸."

아이는 같은 말만 반복했다. 엄마, 똥 싸, 엄마, 똥 싸.

그렇구나…. 엄마가 마침 똥을 싸러 가셨구나…. 아이 덕분에 나는 잠자코 기다리기로 했다. 그사이 약속 시각이 다 되어가고 있었고 서울에서 오시는 손님들이 곧 도착한다는 전화를 받았다. 마음이 조급해졌다. 다시 문을 두드렸다.

"아가. 이모가 여기서 밥을 먹기로 했거든? 문 좀 열어줄래?"

"안돼. 문. 안돼."

하는 수 없이 주차장에서 손님들을 맞이했다. 반갑게 인사를 나누면서도 혹시 식사 준비가 되어있지 않으면 어떡하나 걱정되었다.

손님들과 함께 식당으로 들어서려는데 이번에도 문이 열리지 않았다. 슬슬 불쾌해졌다. 식당에 내가 직접 가서 방을 확인하고 메뉴까지 예약한 상태였다. 미리 맞아주지는 못할망정 아이만 두고 식당을 비웠나 싶었다. 내가 주최한 식사 자리였고 타 지역에서 오시는 분들이었다. 난처해서 인상이 구겨질 때쯤 마당 뒤꼍에서 젊은 여자분이 나왔다.

"예약하신 분이죠?"

"네. 근데 문이 안 열리네요."

"문이 안 열려요?"

"아이만 있는 것 같은데요?"

놀란 여자는 허둥지둥 건물 뒤로 돌아가더니 식당 안에서 문을 열어주었다. 여자는 그 아이 엄마였다.

문 앞에 있던 남자아이와 눈이 마주쳤다.

"죄송합니다, 해야지."

아이 엄마가 시켰다. 아이는 배꼽에 두 손을 모으고 말했다.

"죄송. 하니다."

웃음이 터졌다가 아이 엄마의 해명에 조금 씁쓸해졌다. 아이가 아무한테나 문을 열어주어서 자주 훈육을 받은 모양이었다. 식당이 가정집이랑 연결되어 있어서 위험해보이기는 했다. 엄마나 할머니가 없으면 절대로 문을 열어서는 안 된다고 신신당부를 했더니, 이제는 엄마가 화장실만 가도 아이 스스로 문을 잠가버린다는 것이었다. 듣고 보니 아이가 죄송할 문제가 아니었다.

집집이 대문을 닫지 않고 살았던 어린 시절이 떠올랐다. 아니, 대문 자체가 없는 집이 허다했다. 그땐 그런 당부나 훈육을 받은 기억이 없다. 사람이 드나들기 위해 만들어 놓은 문. 불안한 요즘 세상에 쉽게 열 수 있는 문은 얼마나 될까. 너무 경계하지 말자고 말하고 싶지만, 나부터 그러지 못하는데 어쩌나. 그저 열어줄 때까지 기다리는 수밖에.

엄마가 품고 온 봉투

아침부터 엄마가 보이지 않았다. 우리 집에 이박 삼일 쉬러 온 엄마는 쉬기는커녕 내내 음식만 하더니 마지막 날 아침에 사라졌다. 산책하러 갔다고 생각했다. 오늘은 같이 가려고 했는데 또 엄마 혼자 간 모양이었다. 뒤따라가려고 서둘러 세수를 하고 나오니 엄마가 현관으로 들어서고 있었다. 산책했냐고 묻자 엄마 표정이 좀 당황하는 듯 보였다.

로션을 바르려고 화장대 앞에 앉았다. 엄마가 곧장 따라 들어와 침대에 걸터앉았다. 내가 손바닥으로 얼굴을 톡톡 두드리는 동안 엄마는 품고 있던 봉투 하나를 슬그머니 내밀었다. 그 순간 재채기처럼 터지는 눈물을 막느라 로션이 묻은 손으로 얼굴 전체를 가리고 말았다. 놀란 엄마의 목소리가 흔들렸다.
"왜 그래. 얼마 안 돼. 부담될까 봐 많이 안 넣었어."

간밤, 엄마와 술잔을 부딪치며 대화하다가 의도치 않게 최근 내 형편을 말하고 말았다. 술김에 한 말이니 잊어버릴 거라 생각했다. 그러나 엄마는 기억하고 있었다. 함께 장을 보는 내내 은행에 가자는 엄마의 말을 무시했다. 그랬으면 그냥 잊을 것이지, 기어이 아침 일찍부터 혼자 은행에 다녀온 모양이었다.
"필요 없어. 돈 있어."
나는 울면서 그렇게 말했다. 어차피 믿지 않을 상황이었다.

엄마가 가고 난 후 나는 봉투를 열어보지도 않고 서랍에 집어넣었다. 중년이 되어도 빈궁한 형편을 벗어나지 못하는 딸을 위해 늙은 엄마가 아침부터 찾아온 그 돈을 나는 쓸 수 없을 것 같았다. 어떤 마음으로 은행에 갔을지 너무나 알 것 같아서, 이 예쁜 날씨에 돈 봉투를 품고 돌아오는 엄마가 그려져서 나는 하염없이 미안하고 서글펐다.
봉투에는 돈만 든 것이 아니었다. 인생이 흔들릴 때마다 그토록 목말랐던 엄마의 관심과 사랑이 담겨 있었다. 평생 당신

방식대로 봉투에 담아서 주느라 내가 잘 몰랐던 그 사랑은 내내 나의 자각을 기다리고 있었을 것이다. 나는 진심을 볼 줄 모르는 바보였다. 그게 얼마나 위험한 일인지 이렇게 늦게 깨닫고도 한편 아이처럼 기분이 좋다. 엄마의 남은 일생에는 그저 내게 받기만 했으면 좋겠다. 세상에서 가장 다정한 봉투에 담긴 둘째 딸의 사랑과 응원을.

마음 수리공

"수리공입니다."

나이 지긋한 목소리가 들려 대문을 열었다.

"어디가 안 들어와요?"

나는 전구를 갈아도 불이 들어오지 않는 방으로 안내했다. 여기저기 만지작거리던 그가 연장통을 펼쳤다. 뚝딱거린 지 몇 분 만에 불이 들어왔다. 나는 아이처럼 손뼉을 치며 좋아했다. 내 모습에 약간 으쓱해 보이던 그가 다른 데 고장 난 건 없냐고 물었다. 화력이 약해서 애먹이던 가스레인지가 떠올랐다. 그는 부엌으로 가서 가스레인지를 살펴보았다. 뭘 어떻게 한 것인지 갑자기 불길이 활기차게 솟아올랐다. 나는 또 손뼉을 쳤다.

"대단하세요! 도대체 못 고치는 게 뭐예요?"

수그리고 있던 그가 피식 웃으며 허리를 폈다.

우리는 마당으로 나가 커피를 마셨다. 그가 빈 커피 잔을 내려놓고 물었다.

"글을 쓰세요?"

소개한 사람에게 들었을 수도 있고 집 안에 있던 상패들을 보았을 수도 있다.

"네."

"무슨 글을 쓰세요?"

"소설도 쓰고 수필도 써요. 둘 다 등단을 해서."

나는 필요 없는 말까지 곁들이며 자랑처럼 말했다.

"그런 거 말고요. 어떤 글을 쓰냐고요."

같은 질문을 또 하는가 싶었는데, 곧 그의 질문이 이해되었다.

"마음을 움직이게 하는 글을 쓰고 싶어요."

"마음을 움직이게 하는 글이라…."

그가 혼잣말처럼 내 말을 곱씹었다. 누군가의 면전에서 그런 말을 해본 적 없었던 나는 몹시 창피해서 그가 빨리 돌아가

길 바랐다. 준비해둔 수리비를 서둘러 그에게 내밀었다. 그러나 돈을 받고도 돌아갈 기색이 보이지 않았다. 뭔가 할 말 있는 사람처럼 머뭇거렸다.

"아까 못 고치는 게 뭐냐고 물었죠?"

뜬금없는 질문이었으나 궁금해졌다. 있긴 있나 보았다.

"내가 못 고치는 물건은 없는데 사람을 못 고쳐요. 사람을."

예상치 못한 말에 나는 하하하 웃기만 했다. 드디어 그가 돌아가려는지 대문 쪽으로 걸어갔다. 집을 나서며 그가 남은 말을 마저 했는데, 결국 그 말이 하고 싶었던 모양이었다.

"나는 전기 수리공이고, 작가님은 마음 수리공이네요."

아! 마음 수리공이라니!

그가 남긴 마지막 말을 오랫동안 품고 살아갈 것 같았다. 그래, 나도 병든 마음을 글로 치유했었다. 쓰고 읽는 일만이 나를 구원해주었던 과거가 있었다. 어쩌면 우리 모두 누군가의 마음 수리공이 아닐까. 우리는 매일 무언가를 읽고 쓰는 사람들이니까 말이다.

사랑밖에 남지 않기를

—

가을은 남자의 계절이라는 말이 무색하게도 가을을 많이 타는 나는 허우룩한 날들을 보내고 있었다. 매사 의욕이 없고 이울기 시작한 모든 기운이 쓸쓸하게 느껴졌다. 원래도 외출이 드물었지만, 사회적 거리 두기로 인해 종일 산마을에 갇혀버린 내가 사람들과 소통하는 유일한 통로는 SNS였다.

나는 나이가 제법 들어서야 사랑한다는 말을 거침없이 하게 되었는데, SNS에 그 말을 자주 쓰는 편이다.

'사랑합니다. 사랑해요.'

그런 말을 쓰면 사람들은 같은 말로 호응해준다.

'사랑합니다. 사랑해요.'

사랑한다는 말이 그렇게 큰 힘이 있는 줄 미처 모르고 살았던 내 젊은 날이 안타까울 정도로 나는 그 말이 좋다. 죽어가던 세포들이 살아나는 것만 같다. 진즉에 자주 하지 못해서 후회되고 이제는 그 말을 전할 수 없을 만큼 멀리 가버린 사람들이 떠올라서 더욱 간절해졌다. 어려운 말도 아닌데 왜 그렇게 인색했을까.

언젠가 SNS에 글을 올리면서 사랑한다는 말을 썼더니 사랑한다는 댓글이 달리기 시작했다. 마음이 풍선처럼 부풀던 즈음 미모의 작가분께서 의미심장하게 '사탕해요.'라는 댓글을 남겼다. 무슨 소리인가 싶었다.

알고 보니 사랑한다는 말이 어색하고 민망해서 그 뜻을 빙자하여 재치 있게 쓴 말이었다. 마치 예전의 나를 보는 듯했다. 그녀가 너무 귀여워서 웃음이 터진 나는 당신에게 사랑한다는 말을 꼭 듣고 말겠다는 마음을 전했다. 그녀의 입에서 사랑이라는 단어가 사탕보다 달콤하게 비어져 나올 계절도 가을이었으면 좋겠다고 생각하면서.

지천이 나무인 우리 집 마당에는 귀뚜라미가 쉬지 않고 자갈자갈 떠들어댔다.

사랑한다고. 사랑하라고.

밭은 걸음으로 두 계절을 건너온 당신의 어제도, 무기력하기만 했던 당신의 오늘도 사랑하라고 밤새 구애하는 것 같았다. 그 소리를 계속 듣고 있으니 나도 모르게 사랑한다는 말이 하고 싶어졌다. 해도 좋고 들어도 좋은 그 말을 아낌없이 주고받고 싶은 계절이었다.

흉흉한 세상. 몸은 거리를 두되 마음만은 사람을 향해 있기를, 언젠가는 부디 사랑밖에 남지 않기를 바라면서 가을을 앓았다.

닫힌 문에 노크하는 용기

—

직업상 우체국 갈 일이 많다 보니 우체국 직원들과 친하게 지내는 편이었다. 그런데 지금 사는 동네로 와서 처음 우체국에 갔을 때, 직원들이 유난히 불친절하다고 느꼈다. 불친절을 자주 느끼면서 점점 화가 나기 시작했다. 건의를 하기에도 난처하고 그렇다고 매번 불쾌한 마음이 드는 걸 내버려 둘 수도 없었다.

어느 날인가 평소 잘 먹지도 않는 빵이 많이 생겼다. 나는 빵을 들고 우체국에 갔다.

"이거 빵인데, 좀 드시라고…."

창구 위에 소포 대신 빵을 올리며 수줍게 말했다. 빵을 받은 직원과 옆 창구에 있는 직원이 동시에 "고맙습니다!" 하고 외쳤다. 나는 그들의 웃는 얼굴을 처음 보았다. 그간 불편했던 마음이 싹 가셨다. 웃는 얼굴에 기분이 좋아져서 덩달아 웃으며 우체국을 나섰다.

그 뒤로 가끔 간식을 챙겨갔다. 떡이나 군고구마, 어떤 날은 호떡도 가지고 갔다. 그들은 내가 우체국 문을 열고 들어서면 자동 반사로 방긋 웃기 시작했다. 덕분에 주객이 전도되어 보내야 할 소포보다도 그 웃음을 보기 위해 챙겨가는 간식에 더 신경이 쓰였다.

나는 어느 계절이든 외출을 자주 하지 않지만, 겨울에는 유난히 고립되어 살기에 오래간만에 우체국에 들렀다. 선물로 들어온 귤 상자에서 잘생긴 귤 몇 개를 봉지에 담아 가지고 갔다. 우체국 문을 열자 여직원들이 반색하며 말했다.

"아니, 왜 이렇게 안 오셨어요? 이사라도 가셨나 했어요."

그러더니 내게 휴지 묶음을 내밀었다. 본사에서 나온 건데, 내게 주고 싶어서 기다렸다고 했다. 적금이라도 들어야 받을 수 있는 사은품이었다.

누가 먼저 마음을 쓰면 어떤가. 내 마음도 완전히 막혔던 때가 있었지만, 누군가 먼저 문을 두드려 주었고 나는 문 너머에 누가 있는지 궁금해서 문틈으로 마음 밖을 내다보곤 했었다. 조금씩 열다 보니 어느새 활짝 열고 먼저 안부를 묻기도 했다. 닫힌 문에 노크할 수 있는 용기가 마음을 얻고 사람을 얻는다는 생각에 확신이 생긴 날이었다.

내 머리를 쓰다듬던 날

집 근처 사거리였다. 일차선에서 신호를 받고 좌회전하던 차 한 대가 갑자기 중앙선 너머로 진입했다. 좌회전 후에 합류하는 직진 차선은 하나밖에 없었다. 그것 때문에 도로 확장 공사를 하고 있었는데, 공사 중이라 차선이 헷갈리기는 했다. 중앙선에 세워진 구조물 때문에 한번 엇나간 차량은 다시 제 차선으로 합류할 수 없는 상황이었다. 당황한 운전자는 도로 한가운데 그대로 차를 세웠다. 세우든 달리든 위험한 상황이었다.

우리 동네라 앞뒤 신호 차이까지 내가 잘 아는 곳이었다. 위험한 장면을 보고 그냥 지나칠 수 없었던 나는 클랙슨을 울리며 따라오라고 손짓을 했다. 다행히 말귀를 알아들은 운전자가 나를 따라 천천히 움직였다. 가까운 공터로 차가 빠져나올 수 있게 도와주었다. 다행히도 그사이에 마주 오는 차량은 없었다.

차를 세우고 운전석으로 갔다. 내 나이쯤으로 보이는 여자가 울고 있었다. 많이 놀란 모양이었다. 창을 노크했더니 여자가 차에서 내렸다.

"괜찮아요. 여기 길이 원래 위험해요. 아무 일도 일어나지 않았어요."

여자는 몇 번이나 고맙다고 인사를 했다. 나는 여자가 좀 안정을 찾은 후에 운전해야 할 것 같아서 함께 있어주기로 했다.

여자는 본인이 완전 초보는 아니라고 말했다. 그저 초행길이었을 뿐이었다고 하소연하듯 말했다. 이런저런 이야기를 하다가 내가 작가라는 걸 알게 된 여자는 그 자리에서 온라인 서점 앱을 열어서 내 책을 발 빠르게 검색했고 주문 완료된 화면까지 보여주었다. 뭐 그렇게까지, 싶었지만 보답하고 싶은 마음은 누구에게나 있고 그런 마음을 완고하게 거절하는 것도 때론 실례라고 느껴졌기에 그저 고마운 마음을 전했다.

공사 중인 도로를 벗어나는 곳까지 여자를 배웅해주고 집으

로 오는 길에 웃음이 났다. '주문은 그렇게 신속 정확하게 하면서 운전은….'

웃다 보니 내가 예전과 달라졌다는 것을 깨달았다. 본의 아니게 베풀었던 선의나 관심, 배려 같은 단어가 내 머리를 쓰다듬고 있었다. 그간 무관심이 배려라고 생각해왔던 차가운 내 머리를 말이다.

손 흔드는 사이

—

어쩌다 산책 길에 아랫집 아이들을 만날 때가 있다. 터울이 제법 있는 어린 형제는 나를 이모라 부르며 반갑게 인사를 한다. 먼발치에서 나를 발견하는 날에는 작은 손을 허공에 쭉 뻗어서 세차게 흔들어대곤 했다. 봄날엔 벚꽃 같고 가을엔 코스모스 같이 예쁜 손이 나를 향해 흔들리는 그 순간이 참 좋다.

땅거미가 질 무렵 산책하러 나갔다. 가을바람에 세상 모든 여린 것들이 흔들리고 있었다. 하나둘 가로등이 켜지고 달리는 차들은 헤드라이트를 켜기 시작했다. 노래를 흥얼거리며 언덕길을 내려가는데 흰 티셔츠를 입고 멀리서 걸어가던 두 사람이 자꾸 나를 돌아보았다. 이윽고 둘 중 한 사람이 손을 번쩍 들고는 열심히 흔드는 게 보였다. 아, 꼬맹이 형제구나. 나는 두 손을 교차해 흔들며 형제들이 걸었던 길을 즐겁게 걸어갔다.

커브 길을 막 돌아서고야 비로소 알게 되었다. 두 사람은 꼬맹이 형제가 아닌 어른이었고 심지어 처음 보는 사람들이라는 걸. 얼굴이 후끈 달아올랐다. 나를 기다린 듯 머뭇거리며 서 있던 두 사람과 눈이 마주쳤다. 쥐구멍은 없었고 쥐구멍이 있더라도 도망가야 할 일은 아니었다. 그러나 민망한 상황에서 태연해지기란 얼마나 힘든 일인가. 용기가 필요했다. 나는 웃음을 머금고 말했다.

"안녕하세요!"

그들도 웃으며 내 인사를 받아주었다.

발길을 재촉하는데 한 사람이 나를 불러세웠다. 못 들은 척 가버릴까? 갈등하다가 뒤돌아보았더니, 나만큼 얼굴이 달아오른 한 분이 이렇게 말했다.

"저희가 아는 동생인 줄 알고 아까 손을 흔들었는데 받아주셔서 감사합니다."

그제야 내 얼굴은 평온을 되찾았다. 우린 서로 아는 존재인 줄 알고 반갑게 손을 흔들었지만, 알고 보니 완벽한 타인이었다. 때로는 실수나 오해로도 인연이 생기곤 한다. 우리는 길에서 만나면 손 흔드는 사이가 되었다. 봄날엔 벚꽃 같고 가을엔 코스모스 같은 안부를 주고받는 사이가 또 생겼다.

누가 타이어를 넣어두었을까

스무 살에 만점으로 운전면허를 딴 나는 초보임에도 두려움이 없었다. 그 시절, 내·외관이 모두 낡은 중고차를 몰고 열심히 달리던 날이었다. 뒤에 오던 차가 내 옆 차선으로 오더니 나란히 주행하기 시작했다. 이윽고 옆 차의 창문이 내려갔다. 영문을 몰랐던 나는 속도를 내어 그 차를 앞질러 갔다. 내가 잘못한 게 있나? 지금 내게 보복 운전을 하는 건가? 걱정되어 자꾸 백미러를 힐끗거렸다.

잠시 후 뒤처졌던 그 차가 다시 내 옆에 와서 바짝 붙었다. 운전하는 아저씨 표정을 보니 뭔가 다급한 것 같아서 나도 창문을 내렸다. 아저씨는 공중에 손바닥을 태극기처럼 펄럭이며 외쳤다.

"타이어! 타이어! 스톱! 스톱!"

갓길에 차를 세웠다. 그 차도 같이 섰다. 내려서 살펴보니 뒤쪽 타이어 하나가 터져서 쪼글쪼글해진 상태였다. 조금 더 늦었더라면 휠이 다 드러나서 위험할 수도 있는 상황이었다. 나는 아저씨한테 고맙다고 인사를 한 후에 긴급 출동을 부르려고 운전석으로 돌아갔다. 휴대폰을 손에 든 내게 아저씨가 말했다. 괜찮으면 본인이 타이어를 갈아주겠다고. 나는 놀란 표정으로 물었다.

"타이어가 있어요?"

내 말을 들은 아저씨는 더 놀란 표정을 지었다. 타이어는 트렁크 아래에 있었다. 나는 또 한번 놀랐다. 누가 여기 타이어를 넣어두었을까. 아저씨는 쉽게 타이어를 교체해주었고 펑크 난 타이어를 다시 내 트렁크에 집어넣으며 혀를 끌끌 찼다.

"쯧쯧쯧. 이런 것도 모르면서 차를 몰고 다니다니."

평소 충고나 조언, 잔소리를 무척 싫어하는 나였지만, 그때만큼은 아무 말도 못 했다. 내가 생각해도 너무 멍청했기 때문이다. 낯선 아저씨의 관심 덕분에 위험한 상황까지 가지 않아서 다행이었고 손수 타이어를 교체해준 배려에 감사했고 혀를 차며 한심해 해준 덕에 나는 차에 관심을 갖기 시작했다. 지금은 차체의 흔들림으로 타이어 공기압을 느낄 수 있는 상태가 되었다. 운전도 인생도 초보일 때를 잊지 않겠다는 다짐은 타이어가 터졌던 그날 시작되었다.

설날에 만난 위대한 손

앳된 남자 종업원이 다가왔다. 왼손으로 집게를 잡은 그가 갈비 한 덩이를 들어 올리자 매콤한 냄새가 후각을 자극했다. 다른 손에 가위를 들고 뼈에 붙은 살코기를 떼어내는 그의 손은 빈틈없고 야무졌다.

"학생이에요?"

궁금해서 물었더니 그가 웃으며 말했다.

"네. 고2예요. 알바생이에요."

명절의 밤거리는 젊음으로 가득했다. 이따금 창밖으로 고개를 돌리면 학생들이 삼삼오오 걷고 있었다. 잔뜩 멋을 부린 학생들의 주머니에는 세뱃돈이 두둑할 것이었다. 유리 한 장을 경계로 한쪽에는 돈을 버는 아이가 있고, 다른 한쪽에는 젊음을 만끽하는 아이들이 있다. 같은 나이, 다른 세상. 어른들의 세계만 그러한 게 아니었다.

그는 냄비에 밥을 넣고 볶았다. 주걱을 든 손은 신중했다. 행여 음식이 냄비 밖으로 떨어질까, 손님의 옷에 튀지는 않을까 조심스럽게 움직였다. 나는 그 손을 한참 바라보았다. 나중엔 저 손으로 자식들을 책임지겠지. 가끔은 가장의 굴레가 버거워 술잔을 들기도 할 것이고, 훗날 부모의 영정 사진을 들게 될 테지. 어쩌면 저 손이 세상을 움직이게 할지도 몰라. 갑자기 그 어린 손이 위대하게 느껴졌다.

계산대로 걸어가니 학생이 뛰어왔다. 나는 일행의 뒤를 따라나섰다.

"새해 복 많이 받으세요."

고운 목소리가 들렸다. 나는 돌아서서 학생 얼굴을 바라보다가 지폐 한 장을 건넸다.

"팁이에요! 덕분에 잘 먹었어요."

위대한 손이 팁을 받았다.

"고맙습니다!"

그의 목소리에서 작은 행복이 느껴졌다. 울컥해진 나는 돌아서며 손을 흔들었다.

"학생도 복 많이 받아요."

내 지갑에는 단돈 이만 원이 있었지만, 이제는 뭘 좀 아는 나이다. 가진 돈의 반을 주고 종일 기분이 좋았다면 되었다. 무엇보다 학생이 그 팁을 기억했으면 좋겠다. 고교 시절, 명절도 마다하지 않고 일을 해서 받았던 팁을. 열심히 살다 보면 그런 일도 생긴다는 것을 기억했으면 좋겠다. 그 기억이 고단한 세상을 살아가는 데 작은 힘이 된다면 얼마나 좋을까. 단지 그거면 되었다.

그 겨울, 붕어빵 같았던 우리

친구와 붕어빵을 사서 동대문 지하상가로 내려가고 있었다. 눈이 많이 와서 손발이 꽁꽁 언 상태로 종종거리며 발걸음을 재촉했다. 갑자기 목덜미가 홱 꺾이는 바람에 계단에서 휘청한 나는 놀라 뒤를 돌아보았다. 계단에 앉아있던 노숙인이 길게 늘어진 내 목도리를 끄집어 당긴 것이었다.

"뭐 하시는 거예요!"

불끈 화가 난 나는 소리를 질렀다. 허름한 외투를 몇 겹이나 걸치고 목장갑을 낀 손으로 내 목도리를 붙잡고 있는 그 무례한 사람은 육십 대로 추정되는 여자였다. 여자의 하얗게 센 머리카락이 찬 바람에 흩날리는 순간, 이상하게도 화가 가라앉고 말았다.

나는 여자가 붙들고 있는 목도리를 힘주어 빼냈다. 그리고 몇 발 내려갔다. 내려가는 발걸음이 너무 무거워서 다시 계단을 올라갔고 친구는 짜증 내며 날 따라왔다. 여자 앞에 섰을 때, 그녀는 나를 올려다보며 웃고 있었다. 사과하는 표정 같기도 했다.

나는 목도리를 풀어서 여자에게 건넸다. 여자는 내가 건넨 목도리를 냉큼 받아서 자신의 목에 친친 감았다. 만족했는지 목도리를 몇 번 톡톡 치던 여자는 고맙다고 말했다. 고맙다고 말해줘서 고마웠다.

지하상가를 걷던 친구의 목소리에 짜증이 실렸다. 도대체 왜 그런 거냐고. 그럴 거면 처음 당겼을 때 줘버리지 그랬냐고. 나는 친구의 손에 들려있던 붕어빵을 하나 꺼내며 말했다.

"난 뺏기는 기분이 싫고 저 여자는 빼앗은 기분이 싫을 테니까. 주고받는 게 좋잖아."

그날 친구는 만 원짜리 주황색 목도리를 사서 내 목에 둘러주었다. 이것도 뺏기면 죽는다는 말과 함께.

올이 나간 오천 원짜리 싸구려 목도리를 처음 보는 여자에게 건넸더니 만 원짜리 예쁜 목도리가 생겼던 그날. 눈이 많이 와서 마냥 신났던 그 겨울, 붕어빵 같았던 우리. 올겨울엔 누가 누구의 목에 온기를 건네고 있을까. 부디 누구라도 그래줬으면 좋겠다.

남도에는 눈이 오지 않았다. 서울은 안녕하신가.

사람이 흘러가야 하는 방향

바닷가 작은 집에는 흰추위가 자주 왔다. 비싼 기름보일러를 연일 틀어도 기세등등한 혹한이었다. 꼬꼬지 흙집을 개조한 주택인지라 외풍이 드는 것을 손쓸 길이 없었다. 코끝이 시리고 머리카락이 놀라 주뼛주뼛 섰다.

길게 고민하다가 난로를 들여놓았다. 원통의 난로에 등유를 가득 넣고 심지에 불을 붙였다. 금세 뜨듯한 기운이 감돌았다. 살 것 같았다.

난로를 사용하고부터 현관문에 물이 맺히기 시작했다. 금속 테두리 중앙에 유리가 박힌 현관문은 겨우내 물기가 흥건했다. 어떤 날은 비 오듯 흘러내린 물줄기가 아래쪽에 고이면서 얼어붙기도 했다. 수건으로 닦아보아도 그때뿐, 방풍재로 감싸주어도 언 발에 오줌 누기였다. 급기야 현관문과 어깨를 나란히 하는 외벽에 곰팡이가 생기기 시작했다. 주로 아래쪽에서 몸피를 키워갔다. 곰팡이의 등장은 현관문에 물기가 찬 때와는 달랐다. 밤마다 악몽을 꾸기 시작했다.

안과 밖의 온도 차가 심한 게 원인이었다. 밖은 너무 추운데 안은 따뜻하니 공기 중에 있던 수분이 응축된 것이다. 이것을 '결로'라 일컫는데 흔히 단열 시공이 미흡한 옛집에서 많이 발생한다. 그렇다고 집안 온도가 아주 높은 것도 아니었다. 바닷바람 때문에 실내 온도를 더 낮출 수는 없었다. 곰팡이 세정제와 기타 물품들을 잔뜩 사다가 벽에 발랐다. 곰팡이는 사라졌지만, 흉터처럼 남은 흔적이 싫어서 엄동설한에 벽지 시공까지 하는 고생을 했다.

따뜻함과 차가움이 공존하는 장면을 줄곧 지켜보았다. 차가운 쪽은 물이 맺히지 않는다. 물방울이 맺히고, 주르륵 흐르다 넘치는 건 언제나 따뜻한 쪽이었다. 따뜻함은 감정을 느끼고 표현하기에 알맞은 온도다. 너무 뜨겁거나 차가우면 곤란을 겪는 상태가 꼭 생기는 것이다.

사람이라고 어찌 다를까. 사람이 흘러가야 하는 방향은 궁극적으로 온기가 있는 쪽이어야 함을 아로새기며 새날을 걷는다. 가슴에 결로나 곰팡이가 생긴 사람은 없는지 간간이 돌아보면서.

감 따는 날다람쥐

—

매년 가을이면 집주인 아저씨가 감을 따러 와주신다. 우리 집 마당에는 감나무 두 그루가 있는데, 손 닿는 서너 개 말고는 내가 딸 수 없는 높이였다. 감이 고운 색깔로 익기 시작할 무렵이면 어김없이 전화가 온다. 감 따러 언제 갈까요?

아저씨는 날다람쥐처럼 감나무에 오른다. 감나무 가지가 위태롭게 흔들리지만, 아저씨는 흔들리는 것 따위에 겁이 없다. 사다리도 장갑도 없이 맨몸으로 나무 위에 오른 아저씨는 내가 위치를 잡을 때까지 기다린다. 아저씨가 위에서 던지면 밑에서 내가 받는다. 우리는 거의 실패가 없다.

"작가님 직업을 포수로 바꿔야겠어요."

감을 던지던 날다람쥐가 농담도 던진다.

"저 기계체조 했어요. 운동 신경 좋아요."

깜짝 놀란 날다람쥐가 어디 한번 보자는 식으로 감 두 개를 연달아 던진다. 둘 다 받았다. 사실은 급하게 두 개를 받다가 가지에 손이 좀 찢겼다. 신나서 아픈 줄도 몰랐다.

커다란 다라이 한가득 고운 빛깔의 감이 담겼다. 작년엔 두 통이 넘었지만, 올해 수확은 반도 안 되었다. 그래도, 그래도, 얼마나 감사한 일인가. 내가 이 감나무를 위해 애쓴 건 없는데도 내게 귀한 열매를 주다니.

아저씨와 반반 나누기 위해 큰 봉지를 가져왔더니 딱 일곱 개만 담고 내빼려고 한다. 고생하셨는데 그럴 수는 없었다. 똑같이 나누고 싶었다. 봉지를 뺏으려고 하니까 가져가려고 온 게 아니라 따주려고 온 거라며 끝내 뿌리친다. 그러더니 차로 따라오란다.

트렁크 문이 열렸다. 방금 수확한 것 같은 싱싱한 작물들이 가득 들어있다. 부지런한 날다람쥐가 텃밭에 다녀온 모양이다. 아저씨가 상추 한 무더기를 덜어주신다. 감은 겨우 일곱 개

챙겨놓고 상추는 통 크게 나눠주며 하는 말.

"좋은 글 많이 쓰시고 건강하게 지내세요."

아주 가끔이지만, 즐겁고 따뜻하고 풍요로운 이런 나절이 있다. 어디에 살든 꼭 있다. 그런 가끔이 모여 살아갈 힘을 준다. 그 힘을 비축해서 나도 누군가에게 가끔이 되고 싶다.

언젠가는 우리 모두 미어캣이 되겠지

노인은 꾀죄죄한 러닝셔츠 차림으로 대전(垈田) 머리에 쭈그리고 앉았다. 노인의 속눈썹 끝에는 컨테이너가 줄지어 매달린다. 바다를 매립하여 아스팔트를 깔고 그 위에 항만이 들어섰다. 텃밭 입구 남향받이 돌무덤으로 옮겨 앉던 노인의 입술에서 가래 섞인 기침이 샌다. 손가락 사이에 매달려 있던 담배가 기침할 때마다 위태롭게 움찔거린다. 노인이 바라보고 있는 매립지에는 노인이 나고 자란 집이 있었다. 돈을 주고도 살 수 없는 추억들이 집과 함께 시멘트 아래로 묻히는 과정을 지금 앉은 곳에서 지켜보았다고 했다.

언젠가 노인이 말했다.

"사람이 아무리 용을 써도 지킬 수 없는 것들이 있더군. 그런데 평생 용을 쓰며 쥐고 있던 것도 막상 놓아버리고 나니까 별것 아니었더라고."

노인은 허허 억지웃음을 지었다.

물고기를 잡아 가족을 건사했던 노인의 직업은 농작물을 수확하는 일로 바뀌었다. 노인은 노인이 되고 나서 완전히 하선하였지만, 여전히 장화를 신고 있었다. 비린내 대신 퇴비 냄새가 밴 검은 장화 속에는 노인의 깡마른 두 다리가 힘겹게 버티고 있었다. 젊고 탄탄했던 다리로 풍랑을 맞으며 고기잡이 기술을 본능처럼 터득했을 노인. 이제 그에게 남은 것은 밭고랑을 겨우 오가는 두 다리, 그리고 휘청거리는 근력뿐이었다. '노인과 바다'여야 마땅했을 그의 말년에 바다는 사라지고 노인만 남았다.

생가가 매립되면서 받은 합의금과 주택 이전 비용은 고스란히 자식들 몫이 되었다. 용을 쓰고 생가를 지키려던 노인을 설득하다가 종내 압박했던 자식들이 괘씸했지만, 노인에게는 생가만큼이나 지키고 싶었던 게 자식들과의 유대 관계였다. 그는 별수 없이 져야 했다. 자웅을 겨룰 수 없는 유일한 대상이 자식과의 싸움이었다. 끝내 살림을 옮기게 될 거라는 예상은 했지만, 그래도 지키려는 시도는 해봐야 집한테 미안하지 않을 것 같았다고 말했다. 그는 힘없는 목소리로 덧붙였다.

"어차피 새끼들 거였지. 일단 자식을 부린 사람들은 삶 자체가 전부 새끼들 몫이 되는 거야. 아쉬울 것 하나 없어."

나는 알고 있었다. 노인이 마당에서 매립지 쪽을 하염없이 바라보고 있는 까닭은 사라진 생가를 그리워해서가 아니라는 걸. 뿔뿔이 흩어져 명절이나 되어야 얼굴 한번 볼 수 있는 자식들이 행여 찾아올까 싶어 틈만 나면 담 너머를 주시한다는 걸. 차가 하루에 열 대도 지나다니지 않는 언덕 위 작은 마을 담벼락에는 미어캣처럼 온몸을 곧추세우고 도로를 힐끗대는 노인들이 여럿 있었다. 그러나 운수 좋은 날은 별로 없었고 해가 지면 다시 토굴 같은 집 안으로 들어가 그리움을 이불처럼 덮고 잠을 청했다.

용을 써도 지킬 수 없는 것들이 있더라는 노인의 문장은 매립지 위에서 황망하게 떠돌았다. 차곡차곡 쌓여있는 컨테이너처럼 아귀가 맞아야 무너지지 않는 마음들이 있다. 사랑의 크기와 그리움의 순간들이 깍지 끼듯 똑같을 수는 없겠지만, 적어도 누군가의 마음이 무너지게 하고 싶지 않거들랑 이따금 내 마음도 보내야 한다. 나도 당신을 사랑하고 있다는 고백을, 나도 당신만큼 그리움이 쌓이고 있다는 표현을 하는 것은 사랑받는 사람의 도리라고 해도 좋겠다.

나는 지킬 수 없다는 걸 느끼면 애초에 마음을 쓰지 않는 사람이 되었다. 노인의 말처럼 용을 써도 지킬 수 없는 것들을 지켜내느라 나를 소비하고 싶지 않았다. 이제는 마치 이 생에 당연한 내 몫인 것처럼 힘들이지 않아도 자연스럽게 오는 것들만 품는다. 소유는 생활에 불편함이 없을 정도만, 사람 관계는 마음이 좇기지 않을 정도만. 자발적이지 못한 삶처럼 보일지도 모르겠으나 열정이 없어서가 아니다. 내려놓거나 만족하는 법을 배웠기 때문이다. 꼭 쥐고 태어난 두 주먹을 미련 없이 펼쳐놓고 가려면 마음에 힘을 빼는 수밖에. 나도 노인도 저 매립지에서 불어오는 바람만큼 날마다 가벼워지고 있을 것이다.

집채만 한 컨테이너는 매립된 땅에 붙박여 꼼짝 못 하고, 황색 흙먼지는 허공에서 가분가분 떠돈다. 담배를 다 태운 미어캣이 미적거리며 일어나 현관문을 열고 토굴로 들어간다. 토굴 속에서 어제 먹다 남긴 식어빠진 먹이를 먹을 시간이다. 전기를 아끼느라 불도 켜지 않은 토굴 바깥으로 텔레비전 불빛이 새어나온다. 말동무를 찾았나 보다. 그마저도 부질없으면 장롱 속에서 그리움이나 외로움 따위를 찾아 덮고 잠을 청하겠지.

나도 나의 토굴로 돌아간다. 먹이는 먹고 싶지 않고, 덮고 잘 그리움이나 외로움도 없다. 어쩌자고 나는 아직 사람 행세를 하는 걸까. 아무리 아닌 척 해봐야 언젠가는 우리 모두 미어캣이 될 텐데.

튀김 아저씨의 위트와 재간

병원에 갈 채비를 하고 나섰더니 느닷없이 비가 내렸다. 병원 가는 길은 화창했으면 좋겠는데, 가는 날이 장날이다. 비가 내리면 아픈 몸에 마음마저 축 처져서 더 우울하다. 힘겹게 진료를 끝내고 주차장으로 향했다. 멀찍이 재래시장이 보였다. 기분이 좀 나아질까 싶어서 시장 쪽으로 발걸음을 옮겼다.

날씨가 궂어도 팔 건 다 팔고 있었다. 비를 피하려고 천막을 쳐놓았지만 사람들의 어깨는 이미 젖어있었고, 어깨가 젖는 줄도 모르고 흥정하느라 바쁜 사람들의 표정은 화창했다. 여기저기 기웃대던 나는 튀김 가게가 늘어선 골목에서 멈칫했다. 종일 굶은 탓인지 별로 좋아하지도 않는 튀김 냄새가 공복인

사람 속을 유혹한 것이다. 신발도 튀기면 맛있다는데, 그날따라 튀김집을 그냥 지나칠 수 없었다.

비도 오는데 집에 가서 술안주를 할까, 반찬으로 먹을까 생각하면서 여러 종류의 튀김을 하나씩 골랐다. 주인아저씨가 식은 튀김을 다시 데워주기 위해 기름 속에 집어넣었다. 잠시 후에 내가 고르지 않은 튀김 두 개를 집어 든 아저씨가 나를 보며 웃었다. 서비스였다.

"보자, 여자분들이 이걸 좋아하시던데."

김말이 튀김 두 개가 기름에 풍덩 빠졌다. 기분이 좋아진 내가 고맙다고 인사를 하니, 옆에 서서 오징어 튀김을 먹고 있던 남자분이 섭섭한 듯이 쳐다보았다. 나는 눈치를 보면서 그에게 말했다.

"김말이 나눌까요?"

"여자들이 좋아하는 거라잖아요. 맛있게 드세요."

우리의 대화를 들은 주인아저씨는 그의 앞접시에 서비스 튀김 하나를 얹어주며 말했다.

"이건 남자들이 좋아하는 거."

고추 튀김이었다. 우리 세 사람 모두 웃음이 터져버렸다. 아무도 기분 상하지 않았고 소매가 비에 젖어도 불쾌하지 않았다. 유머와 재치는 화를 멎게 하고 자갈밭에서도 꽃을 피울 만큼 멋진 재능이다. 계산하고 돌아서면서 나는 웃고 있었다.

오뉴월 손님은 호랑이보다 무섭다고 했는데, 심지어 뜨거운 기름 앞에서도 모두를 기분 좋게 만든 튀김 아저씨의 위트와 재간이 부러웠다. 아마도 그런 능력은 하루아침에 만들어지지 않았을 것이다. 불 앞에서 땀 흘리며 얼마나 많은 사람을 미소 짓게 했을까. 아저씨의 감각만큼 튀김은 끝내주게 맛있었다.

방법이 없진 않습니다

—

당시 내가 살았던 시골에서 가장 오래된 약국. 그곳에서 전산 알바를 구한다는 광고를 보았다. 흰머리에 안경을 쓴 약사님은 비 오는 날 면접을 보러 간 나를 안경 너머로 한참 쳐다보았다. 내 이력서를 보고 흥미로워하던 약사님은 그 자리에서 나를 채용했다. 약사님은 책을 정말 많이 읽었다. 문학에서 역사와 종교까지. 지식의 범위가 넓고도 깊어서 나는 약사님과 대화하는 것이 즐거웠다.

밤새 울다가 출근한 날, 내가 물었다.
"약사님. 팔자는 타고 날까요?"

타고 난단다.

"그럼 아무리 발버둥 쳐도 벗어날 수 없겠네요?"

그렇긴 한데, 방법이 딱 하나 있단다.

적선.

베풀라는 뜻이었다.

"어떻게요? 가진 게 없는데…."

말 한마디, 웃음 한 줌도 적선이란다.

나는 그때부터 팔자를 바꾸기 위해 부단히 노력하며 살고 있다. 최대한 웃는 얼굴로 사람을 만났고 내 말의 온도를 점검한 후에야 입을 열었다. 때로는 가슴이 젖은 사람에게 먼저 다가가 함께 울어주기도 했다. 웃음 한 줌이 적선이라면, 어쩌면 울음 또한 적선이 될 수 있을지도 모른다.

이제 나는 결과를 말할 수 있게 되었다. 웃는 얼굴로 인사하고, 말하기 전에 말 온도를 재며, 가끔은 함께 울어주는 것. 그것들은 정말 팔자를 바꾸게 했다. 내가 베풀고자 한 행동이 내가 가장 힘든 시기에 내게로 돌아온 것이다.

많은 사람이 위로의 말을 건넸으며, 진심으로 울어주었다. 밥을 굶는 내게 쌀을 보내주었고, 차비가 없는 내게 구겨진 지폐를 건넸다. 죽고 싶은 내게 살자고 손을 내밀어준 사람들도 알고 보니 나만큼 지난했던 과거가 있는 분들이었다. 그분들 역시 자신이 받았던 것들을 내게 되돌려준 것이다.

한탄만 해서는 아무것도 바뀌지 않는다는 걸 알았다. 외딴 곳에 혼자 살더라도 적당히 품을 내어주어야 한다. 웃으며 인사하고, 따뜻한 말들을 건네고, 함께 울어주고, 죽고 싶은 사람의 손을 잡아당겨 주는 것들. 그 덕이 모이면 조금씩 삶이 바뀐다는 사실을 배웠다. 그건 누구도 대신해줄 수 없는, 오직 내 가슴이 할 일이다.

나만을 위한 비싼 김밥

어린 시절 나란 아이는 입이 짧은 나머지 항상 엄마를 애타게 했다. 음식 솜씨가 좋기로 소문난 엄마의 밥상 앞에서 나는 오래 앉아있지 못했다. 대충 허기만 채우면 그만이었다. 그런 아이가 가끔 과식하게 되는 경우가 있었는데 바로 엄마가 김밥을 싸는 날이었다. 운동회 날이나 소풍날이 되면 엄마의 김밥을 원 없이 먹을 수 있었다.

들뜬 마음에 이른 아침부터 잠에서 깨면 엄마는 부엌 귀퉁이에 얌전히 앉아 김밥을 말았다. 눈꺼풀을 다 뜨지도 못한 채 네발로 살살 기어 엄마 쪽으로 가면 엄마는 김밥 꽁다리만 수북이 담긴 접시를 내 쪽으로 밀어주었다. 예쁘게 썰린 김밥의 중앙 부위는 도시락에 차곡차곡 쌓여갔다. 삐죽빼죽 속이 고르지 못한 꽁다리를 오물거리면 잠의 잔기가 달아나곤 했다. 눈을 감은 채 우걱우걱 김밥 꽁다리를 씹는 어린 딸에게 엄마는 말없이 보리차가 담긴 컵을 쓰윽 건넸다. 보리차를 한 모금 마시면 입안에 있던 김밥이 목구멍으로 미끄러지듯 넘어갔다.

한두 끼를 김밥으로 먹고 나면 가족들은 김밥을 외면하고 다른 음식을 찾았지만 나는 먹어도 또 먹어도 김밥이 좋았다. 가장 좋은 점은 밥상머리에서 항상 듣던 잔소리를 듣지 않아도 되는 것이었다. 김밥을 먹을 때는 음식을 골고루 먹으라는 말을 누구도 하지 않았다. 예리한 엄마는 어린 딸의 김밥 사랑을 약점으로 이용하곤 했다. 아무 날도 아닌데 가끔 김밥이 밥상 위에 올라 있으면 나는 쾌재를 부르며 집어먹었다. 그때마다 김밥은 수상한 맛을 품고 있었다. 나는 숨기려야 숨길 수 없는 김밥의 속을 들여다보고는 엄마를 향해 원망의 눈빛을 발사했다. 그것은 다름 아닌 멸치였다.

나는 멸치 특유의 비린 맛이 싫어서 잘 먹지 않았는데 엄마는 김밥 속에 멸치를 넣어놓고는 시치미를 떼었다. 그런데 나는 멸치를 거둬내지 않고 다 먹었다. 단무지, 시금치, 햄, 맛살,

계란과 함께 돌김이 품은 멸치는 거부감이 들지 않았던 것이다. 다만, 엄마에게 당했다는 배신감이 컸을 뿐인데, 그 배신감도 멸치 김밥을 내뱉게 하진 않았다.

처음에는 내가 눈치를 챌까 봐 반찬으로 만들어놓은 멸치볶음을 살짝만 집어넣어 김밥을 말아놓았던 것 같다. 그러다가 내가 눈치를 챈 것 같은데도 계속 잘 먹는 것을 알게 된 엄마의 멸치 김밥은 점점 퓨전이 되어갔다. 어느 날은 고추장 멸치볶음이, 어느 날은 멸치 견과류 볶음이, 어느 날은 멸치 고기볶음이, 어느 날은 멸치 튀김이 들어있었다. 그중 내 혀가 가장 인상 깊게 기억하는 것은 간 멸치 김밥이다. 멸치와 견과류를 믹서에 살짝만 갈아서 다진 고기랑 볶은 것인데 멸치의 형체가 무너져 알아볼 수가 없고, 다진 고기와 함께 고추장에 볶이면서 그 맛과 식감이 단연 일품이었다. 그것으로 엄마는 범행 증거를 은폐하기 시작하셨다. 어디? 멸치가 어디에 있어? 같은 식으로.

지금은 나만을 위해 시간과 돈이 드는 것을 감수하며 김밥을 싸줄 사람이 없다. 노랗고 빨갛고 푸른 사랑을 담아, 그리고 나의 건강을 염려한 트릭까지 담아 두 손으로 꽁꽁 김밥을 말아

줄 사람이 이제는 없다.

언젠가 병원에 내원하느라 점심때를 놓친 나는 직장 근처 편의점에서 김밥을 샀다. 병원에서 직장까지 빠른 걸음으로 걸어야 겨우 시간을 맞출 수 있었다. 나는 걸으면서 김밥을 먹었다. 김밥은 속이 거의 비어있었고 그마저도 밥이 너무 질었지만, 배가 고팠고 약을 먹어야 했던 나는 우걱우걱 김밥을 씹어 삼켰다. 엄마가 손등으로 쓰윽 밀어주던 보리차 한 잔이 그리워 목이 메었다.

김밥을 좋아하는 내 식성이 저렴하다고 말하는 사람들이 있다. 그러나 그것은 당찮은 소리다. 내가 먹고 싶다고 대답한 김밥의 정체를 알면 그런 말이 쏙 들어갈 터이다. 돈이 아무리 많아도 살 수 없는 나만을 위한 김밥. 내가 먹는 것을 흐뭇하게 바라보다가 말없이 보리차를 쓰윽 내밀어줄 사람이 있는 김밥. 그 김밥이라는 걸 아무도 모른다.

2장.

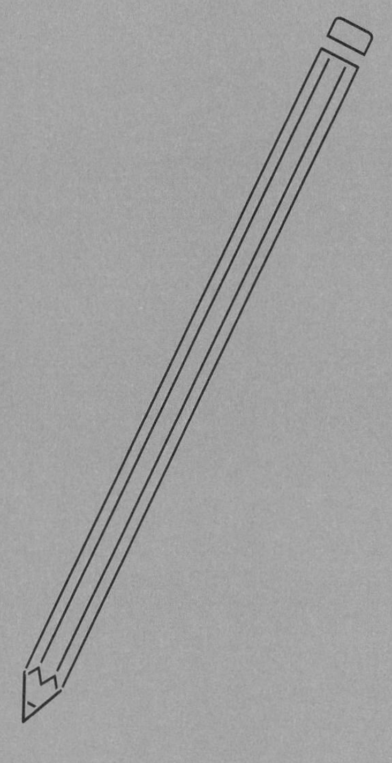

나의
오늘에
충실할
것

그래서 오늘은 아름답게 살았느냐

—

약국에서 파스를 사서 나오는 길에 엄마 전화를 받았다. 약국엔 무슨 일로 갔느냐고 묻는 엄마한테 요즘 별스럽게 어깨가 뻐근하다고 어리광 같은 푸념을 쏟았다. 엄마는 걱정 어린 목소리로 무리하지 말라는 말을 했다. 거기까지만 했어야 했다.

치과는 한 달째 다니고 있고, 눈이 침침해서 아무래도 안경을 맞춰야 할 것 같다며 나는 덧거리 응석을 곁들이고 말았다. 무언가를 계속 씹고 있던 엄마는 무심하게 다음과 같은 말을 남겼다.

"그렇게 갑자기 늙는 거야."

나는 제대로 들은 게 맞는지 귀를 의심하고, 휴대폰이 제대로 작동하는지 기계를 의심했다. "어머니, 방금 소녀에게 하신 말씀을 다시 해보시겠어요?"

웃음보가 터진 엄마는 먹고 있던 음식이 사레가 걸렸는지 캑캑 마른 기침을 내뱉었다. 그 와중에도 엄마는 무정한 사람처럼 같은 말을 반복했다.

"그렇게 갑자기 늙는다니까."

갑자기라니! 세상에 갑자기 늙는 사람이 어딨어! 그러나 집에 오는 길에 어쩌면 그 말이 사실인지도 모르겠다는 생각이 들었다.

어느 날 문득 거울에 비친 흰머리 한 가닥에 동공은 귀신을 본 듯 확장했고, 어제도 먹었던 사과였는데 오늘 베어 물었더니 갑자기 치아 밑동이 빠질 듯 시렸으며, 문자메시지라도 읽을라치면 어느새 휴대폰 화면을 콧등 앞까지 끌어당기는 나를 발견했던 어떤 날들. 몇 해 전만 해도 없던 일이었다.

늙어가는 제 모습을 인지하기도 전에 이미 늙어버린 자신을 마주하는 순간은 생각보다 비참했다. 늙음이란 눈 내리듯 조금씩 내려앉아 쌓이는 건 줄만 알았다. 태어남과 동시에 늙어야 하는 것은 거역할 수 없는 일이건만, 늙어가는 것이 사는 것과 매한가지임을 모르고 살았으니 비참할 수밖에. 나는 계속 늙고 있었고, 엄마도 계속 늙고 있었고, 엄마는 이미 늙었고, 나도 어제보다 늙었다. 늙고 있다는 것을 인지하고부터 사소한 모든 장면이 늙음을 대변하는 것 같아 서글퍼졌다.

천하통일을 하고 세상을 호령했던 진시황도 늙어감은 어쩌지 못해 불로초를 얻고자 했다. 허망한 불로장생의 믿음. 결국 그는 오십 대를 살아보지 못하고 숨을 거두었다. 그는 아마 내 나이 즈음에 늙는 것이 두려워지기 시작했던 것 같다. 늙음은 죽음을 담보하고, 죽음은 곧 소멸이니 천하를 가진 자에게 그보다 무서운 순리는 없었을 것이다. 천하통일은커녕 쥐뿔도 없는 나는 무엇이 두려운 것일까.

늙음의 템포가 사람마다 다르고 그 걸음걸이를 인간이 결정할 수 없다면, 그저 아름답게 늙고 싶다. 거울 속의 내가 어느 날 문득 할머니로 보일 때, 깊은 눈빛을 가진 아름다운 얼굴이길 바란다. 모월 모시에 불현듯 찾아올 생의 마지막 순간까지 후회 없이 아름답기를! 오늘이 생의 마지막이 아니었던 것을 감사히 여기면서 하루만큼 늙은 나를 지그시 바라보며 묻는다.

그래서 오늘은 아름답게 살았느냐.

마음을 쓰는 방법

—

보일러를 틀었다. 후딱 머리만 감고 나와서 보일러를 끄고 샤워를 시작했다. 기름값이 아까워서 만든 패턴이었다. 오 분도 지나지 않아 물이 미지근해졌다. 서두른다고 서둘렀지만, 샤워를 다 끝내지 못한 상태에서 찬물이 쏟아졌다. 평소에는 끝물 정도만 미지근했는데 날이 쌀쌀해서인지 빨리 식어버렸다. 시월에 찬물로 샤워하는 건 내 몸을 학대하는 일이다. 별수 없이 대충 물을 닦고 나와 다시 보일러를 틀었다. 종일 재채기가 나왔다.

늦가을. 이맘때가 되면 늘 기름이 걱정이다. 아파트처럼 연료가 자동 조달되는 방식이 아니다 보니 일일이 보일러에 기름을 채워야 한다. 가득 채우면 사십만 원. 두 달 생활비가 고스란히 나가니 매번 기름을 넣을 때마다 손이 떨린다.

산동네는 시월이면 이미 초겨울 날씨다. 아궁이가 있는 집들은 매캐한 연기를 뿜기 시작했다. 그러나 나는 아직 기름을 채우지 못했다. 월동 준비를 충분히 할 만큼 돈을 벌지 못했고 카드를 쓰자니 갚을 생각을 하면 막막하기만 하다. 한 뼘도 남지 않은 기름의 높이만 연신 확인하고 있다. 한때는 계절 중에 겨울을 가장 좋아했었는데, 실패와 실수를 거듭하다가 낙향하여 산마을에 와서 보니 겨울은 가장 두려운 계절이었다. 굶주림도 추위도 모두 걱정인 겨울. 가난한 사람에겐 최악인 계절.

내복을 두 벌 껴입고 장갑까지 낀 채로 글을 썼다. 오로지 이를 악물고 썼다. 몇 번의 겨울을 그렇게 보내고 나서 작가가 되었다. 추위와 배고픔을 견딘 결과라고 생각하지는 않는다. 그렇게 말해버리면 가난이 꼭 성공의 길인 듯 합리화할까 싶어서다. 예술가는 가난해야 한다는 이상한 생각을 옳은 신념으로 만들고 싶진 않다. 원초적인 시련이 없더라도, 굳이 생활에 위협을 받지 않더라도 문학은 얼마든지 할 수 있다.

처음 글 써서 번 돈으로 보일러에 기름을 가득 채웠을 때, 나는 그 평범한 일상이 감사해서 눈물이 날 지경이었다. 실내 온도가 11도에서 18도를 넘어서자 너무 배부르게 사는 것 같아 보일러를 껐다. 입김이 나오지 않는 것만도 감사했다. 나도 모르게 보일러 조절기 앞에서 꾸벅 인사를 했다. "따뜻하게 해주셔서 감사합니다." 그 순간, 내가 꿈에 다가설 수 있었던 것은 시련 때문이 아니라 감사한 마음 때문이었다는 걸 깨달았다.

사람이 극한의 추위나 배고픔에 시달리면, 폭력이나 공포에 길게 노출되면 마음 쓰는 법을 잊게 된다. 나 자신이나 타인에게 어떤 마음을 쓰고 살아야 할지 모르는 것이다. 나와의 관계도, 타인과의 관계도 틀어지는 원인이다. 그 시기가 깊어지면 병이 된다는 걸 나는 알고 있다. 문학이나 밥벌이는 고사하고 잠을 자는 일조차 제대로 하기 힘들어진다. 가난 때문만이 아니라 마음 쓰는 법을 잊어버리고 살았기에 삶이 더 고달팠던 것 같다.

나는 감사하다는 말을 입에 달고 산다. 장마철에도 이 가벼운 집이 떠내려가지 않아서 감사하고, 이제 한겨울에 집에서 장갑을 끼지 않아도 되니 감사하다. 햇반을 먹을 수 있게 해주어서 전자레인지에 감사하고, 산골에서 인터넷을 쓸 수 있게 해주어서 KT에 감사하다. 고독사할까 봐 간간이 생존 확인을 해주는 지인들에게 감사하고, 미친한 나를 믿고 일거리를 주는 편집자분들에게 감사하다. 감사하다고 말을 하면 자꾸 감사하고, 감사한 일이 꼬리를 물고 온다. 감정도 자꾸 느껴야 잊지 않는다는 걸 깨달은 지 얼마 되지 않았다. 그게 바로 마음을 쓰는 방법이었다.

주유소에 전화해서 주말에 보일러 기름을 넣어달라고 했다. 얼마나 감사한 일인가. 올겨울도 얼어 죽지는 않을 테니, 계속 글을 쓸 수 있을 테니 말이다.

완벽한 날은 없다

창문에는 봄이 박혀있었다.

청아한 하늘과 온화한 햇살, 때마침 산들바람까지 불어와 완벽한 아침이 될 줄 알았다. 간밤 곤한 잠을 자서 그런지 정신도 개운하고 몸에는 활력이 가득했다. 오늘의 스케줄을 확인하고 콧노래까지 흥얼거리며 메일함을 열었다. 어떤 소식보다 반가운 원고 청탁서가 도착해 있었다. 하루쯤은 이렇게 완벽한 날을 누려도 되지 않을까 싶었다.

작은 새들이 널브러진 삭정이들 사이에서 노닐다가 후다닥 날아가고, 깍깍거리던 까치 두 마리가 감나무 가지에 앉아 연신 고개를 조아렸다. 기분 좋은 아침에 어울릴 만한 소설책 한

권을 꺼내 들었고 시간은 착하게도 가만가만 흘렀으며 나는 이내 소설에 매료될 참이었다.

까아악. 끄어억. 꺼아아.

언제 왔는지 커다란 까마귀 두 마리가 앞마당 나무에 앉아있었다. 봄이 박혔던 창 안에 살포시 침범한 두 놈은 그악스럽고 체통 없는 소리를 내질렀고 그 소리에 화답하듯 뒷마당 어디선가 다른 소리가 날아왔다. 우렁찬 그들의 대화는 소음에 가까웠다. 도저히 참을 수 없는 지경에 이르자 나는 마당으로 나가 까마귀가 앉아있는 나무를 향해 돌멩이를 던졌다.

한 마리가 푸덕푸덕 날아오르더니 내 머리 위를 뱅뱅 돈다. 그때까지만 해도 기분이 박살 나거나 그러지는 않았다. 귀한 하루를 잘 다스리고 싶었다. 햇살은 여전히 기분 좋게 방바닥을 뒹굴었고 나는 커피 한 잔으로 남은 여유를 만끽했다.

우체국에도 가야 했고 급하게 사야 할 생필품도 있었다. 화장을 하고 하얀 블라우스를 입고 선글라스를 챙겨 집 앞에 주차한 차로 향했다. 까만 경차가 귀엽게 반짝이고 있었다. 이왕 나가는 김에 신나게 드라이브도 하고 올까?

차 문 앞에 이르러 나는 망연자실하고 말았다. 트렁크 여기저기 하얀색으로 범벅이 되어 있었다. 마치 예술 작품처럼 드리핑 된 하얀 새똥들. 위를 올려다보니 까마귀들이 전봇대 위에 다닥다닥 붙어 앉아 실소하는 나를 쳐다보고 있었다. 아까 그놈들이 분명했다. 발칙한 것들!

나는 새똥 문양이 그려진 차를 타고 셀프 세차장으로 향했다. 세차하면 그만이었다. 이런 사소한 일에 화내고 짜증을 내면 그게 쌓여서 팔자가 된다. 어차피 세차할 때도 되었으니 이왕 하는 거 상쾌한 마음으로 하자. 마음을 다잡고 동전을 기계에 넣었다.

기계 돌아가는 소리가 들리자마자 들고 있던 물총이 수압을 이기지 못해 널브러졌다. 내 몸은 순식간에 물세례를 맞고 말았다. 드라이클리닝해서 보관했던 하늘하늘한 블라우스가 자꾸만 몸에 달라붙었다. 그 와중에도 기계에서 줄어드는 시간이 눈에 들어왔다. 겨우 물총을 손에 쥔 나는 얼굴에 묻은 물을 닦아내며 세차를 마쳤다.

우체국도 마트도 가지 못한 채 집으로 돌아와 옷을 갈아입으면서 생각했다.

'그래, 완벽한 날은 없는 거야. 완벽한 인생도 없듯이….'

그저 행복한 그 순간을 감사했어야 했다. 하루가 전부 행운과 기쁨으로 이어지기를 바랐던 욕심이 더 큰 실망을 가져왔다. 새똥은 지워도 지워도 흔적이 남았다.

날아가지 않는 이유

—

내가 좋아했던 남자들은 대부분 안전화를 신고 출근하는 육체노동자들이었다. 무채색의 작업복에 둔탁한 안전화를 신고 일터로 향하는 사내들이 내 눈에는 멋있어 보였다. 책상 앞에만 앉아있는 나와 달리 땀 흘리며 노동하는 그들에게서 역동적인 동기부여를 받기도 했다.

언젠가, 항공 모함 같은 안전화에 발을 집어넣어 본 적이 있다. 땅이 꺼지는 듯 발이 훅 들어갔고 발가락도 발등도 닿는 곳이 없었다. 두 발을 다 집어넣고 몇 발 내디뎌보았다. 지구를 들어 올리는 기분이 들었다. 그 엄청난 무게를 버티며 온종일 노동하는 사람들의 발걸음 소리가 들리는 것 같았다. 쿵쿵. 쉴

새 없이 지구를 들었다가 놓으며 밥벌이하는 그들의 무게가 온몸에 전해졌다.

늘 맨발인 나는 구새 먹은 나무처럼 가볍기만 하다. 때론 너무 가볍게 사는 것 같아서, 인생 공짜로 사는 것 같아서 밥 먹는 게 겁이 나기도 했고 그런 날에는 책상 의자에서 일어날 수가 없었다. 그래서 나는 발 대신 엉덩이가 무거워졌다. 엉덩이로 가끔 지구를 들어 올리며 살아간다. 글을 쓸 수 있는, 중력을 버틸 수 있는 엉덩이라도 있어서 정말 다행이었다.

누군가는 손으로, 누군가는 입으로, 누군가는 머리로 각각의 무게를 버티며 살고 있을 것이다. 사람이 하염없이 가벼워도 날아가지 않는 이유는 밥벌이라는 무게 때문이 아닐까. 밥벌이가 사라지면 사람은 너무 가벼워져서 공중에 떠오르거나 지구별에서 사라질지도 모른다. 그게 그렇게 두려운 일이라서, 우리는 어떤 방식으로든 열심히 지구를 들었다 놓았다 하며 살아간다.

이따금 통상적인 출퇴근 시간에 외출하면 안전화를 신은 사람들을 한꺼번에 만나곤 한다. 남자도 여자도 안전화를 신은 모두가 지구를 들고 지나간다. 쿵쿵, 씩씩하게. 안전화는 아스팔트를 찍고 내 눈은 고단한 삶을 찍는다.

그들을 만나고 돌아온 날에는 엉덩이가 평소보다 무거워진다. 언제나 맨발로 일하는 것이 미안하고 부끄러워서 나는 엉덩이로 지구를 든다. 오늘 하루 밥벌이를 제대로 하지 못하면 땅을 딛지 못하고 날아갈까 봐 지구의 무게를 버틴다. 내 엉덩이도 누군가의 수단도 든든해져서 부디 아무도 공중에 뜨거나 날아가지 않았으면 좋겠다.

내가 먼저 불러보면 될 것을

늦은 밤 산책길은 인적이 없어서 좋다. 세상이 어둠에 갇힌 시간, 내가 걷고 있던 길 끝에서 그림자 하나가 손을 들고 큰소리로 외친다.

"아빠!"

반사적으로 뒤를 돌아보니 다른 그림자가 손을 흔들고 있다.

"어? 아들!"

우연히 만난 듯 두 사람은 서로에게 반갑게 다가선다. 아빠가 아들에게 먼저 한잔했느냐 묻자, 아들이 애교 섞인 목소리로 아빠도 한잔했냐고 물으며 팔짱을 낀다. 성인 아들이 늙은 아버지의 팔짱을 끼고 아버지는 팔짱 낀 아들의 손을 꼭 매만진다. 다정한 부자가 멀어져간다. 맞붙은 검은 어깨가 서로에게 위로와 응원이 되는 듯 흔들림이 없다.

노상에서 우연히 만난 누군가를 큰 소리로 부를 수 있는 당당함과 부르고 싶은 사람이 눈앞에 살아있다는 사실이 마냥 부러웠다. 시간과 장소, 나이나 체면 따위가 무슨 대수랴. 사랑하는 사람이 저기 있는데. 불러서 행복해할 서로가 바로 여기 있는데. 어둠 속 그림자에 불과해도 대번에 알아보는 서로가 만났는데. 그건 기적일지도 모르는데.

나는 괜히 함께 걷던 반려견의 이름을 불러보았다.

"장군아!"

나는 너를 사랑하는데 너는 나를 불러주지 않는구나. 사람을 부르는 건 사람밖에 없구나.

나도 누군가에게 그렇게 불리던 때가 있었고 그리움의 대상이었을 때도 있었다. 그럼 뭐하나 싶은 현재를 살고 있지만, 나만 그런 생각을 하는 것은 아닐 것이다. 그러다 문득 내가 꼭 불릴 필요가 있을까 싶다. 내가 먼저 불러보면 될 것을. 내가 먼저 반가워하고 내가 먼저 그리워하면 될 것을.

생각해보면 외로움이나 불행의 근원은 주체가 나여야 한다는 문제에서 발생하는 건지도 모르겠다. '나'가 아니라 '너'가 되어도 충분히 행복할, 부르고 불리는 사람들 속에서 살고 싶다. 나를 불러주는 사람이 있다는 것도 큰 기쁨이지만 내가 부를 사람이 있다는 것도 그에 못지않은 축복이라는 걸 기억하며 그리움을 모은다. 목청을 가다듬는다.

겨우 나 같은 인생이라니

내 인생의 첫 직장도 마지막 직장도 사교육 기관이었다. 대학에 들어가자마자 공부보다 돈 벌 궁리를 하기에 바빴다. 대학생 신분으로 가질 수 있는 가장 번듯한 직장이 학원이었다. 초보 강사 티를 벗을 무렵 나는 인격도 벗고 있었다는 걸 깨달았다. 무조건 학생들 성적을 올려서 인정받을 생각만 했고, 어떻게 하면 유명한 강사가 될지 자주 고민했던 것이다.

교재 없이도 강의할 수 있는 단계에 이르렀을 때 나는 제법 인기 좋은 강사가 되어 있었다. 월급은 계속 올랐고, 고액 과외 제안이 심심찮게 들어왔고, 경쟁 학원에서 나를 스카우트하기 위해 돈 봉투를 들고 찾아오기도 했다. 나는 전공을 살려서 제대로 취업할 생각조차 하지 않았다. 그 상태로 대충 졸업하고 안이하게 늙어갔다.

그러던 어느 날이었다. 번아웃이 왔는지 몸과 마음이 지쳐 있었다. 평소에는 건조하게 교정만 보아온 학생들의 문장에 오래 머물렀다. 머무르는 건 어쩌면 멈출 수도 있다는 뜻이었다. 학생들을 위해서도 나를 위해서도 멈춰야 했다. 어떤 아이의 글에서 나 같은 인생을 살고 싶다는 마무리 문장을 읽고 울음이 터져버린 것은 어쩌면 당연한 일이었다. 나 같은 인생이라니. 이런 인생을 살고 싶다니. 겨우. 하필.

어떤 아이는 체면과 명예만을 중시하는 김 선생을 존경한다고 했고, 어떤 아이는 거짓과 변명을 달고 사는 박 선생처럼 되고 싶다고 했다. 어떤 아이는 탈세의 일인자인 부원장처럼 부자가 될 거라고 했고, 어떤 아이는 명품에 환장한 강 선생같이 예쁘게 살고 싶다고 했다. 그중에 최악은 바로 나였다.

그즈음 내가 삶을 대충 살았던 이유는 일종의 반항이었다. 존경받거나 스스로 만족할 만한 바람직한 삶을 거부하며 되는 대로 사는 중이었다. 아이들이 절대로 나 같은 어른은 되지 말아야 한다고 생각했다. 다시는 누군가를 가르치는 삶을 살지 않겠다고 결심한 나는 작가가 되었다. 글을 쓰면서 다름 아닌 나 자신을 가르치고 있다. 아직 한참 멀었다.

늦지 않았습니다

뜬눈으로 밤을 새운 채 종일 행운을 찾아 헤매던 날이었다. 삼십 분을 달려 농협 중앙회에 도착해서 마지막 적금을 해약했다. 시골에서 월급 구십만 원을 받으면서 월세 내고, 공과금 내고, 쌀 사고, 반려견까지 키우고도 조금씩 들었던 적금 두 개. 그중 하나는 이미 해약했고, 마지막 남은 내 재산이었다.

큰돈도 아닌데 무에 그리 아쉬웠는지 운전 중에 덜컥 눈물이 쏟아졌다. 액수가 중요한 것이 아니라 그 돈을 모았던 날들이 떠올라서, 이만 원이고 삼만 원이고 소소한 액수가 옹기종기 찍혀있던 통장이 떠올라서 그랬다. 눈부시게 찬란한 햇빛 아래에서 슬픔을 흘리는 비참함이 말할 수 없이 서글펐다. 마침 그 와중에 흘러나오는 노래. 전인권의 〈늦지 않았습니다〉.

집 앞에 도착해서 차를 세워두고 노래를 다시 들었다. 다시 들으니 노래 가사에 화가 났다.

늦지 않았다고? 무엇이?

늦지 않았다고 위로할 만한, 그 말이 응원이 될 만한 나이는 지났다고!

이미 늦은 것은 늦었다고 왜 솔직하게 말을 못 해.

왜 항상 듣기 좋은 말만 위로가 된다고 생각하는 거야?

선부른 희망 따위가 얼마나 위험한지도 알려줘야지.

이제 적당히 타협하며 살라고, 현실은 그런 거라고 설득을 하란 말이야.

그런데 어떡하면 좋을까. 믿고 싶었다. 정말 늦지 않았다고, 그게 뭐든, 조금씩 나아가고 있다고, 잘될 거라고. 그렇게 믿어도 되는지 모르겠지만, 믿고 싶었다. 지금까지 그랬던 것처럼 보장할 수 없는 희망이라도 붙잡고 싶었다. 가난을 견디면서도 꿈을 놓지 못하는 사람들에게는 그저 부질없는 희망 한 줄기가 쌀밥 한 공기보다 더 소중하지 않던가. 그것이 말 그대로

'희망'이므로.

그래, 오늘도 살아보자.

전인권 아저씨의 노래에 희망을 걸어보자.

나는 다시 한번 같은 노래를 재생했다.

아무리 험한 광풍도 지나보면 별것 아니죠.

잠시라도 숨었던 내가 정말 부끄럽군요.

늙어 죽을 때까지 해는 비춰줍니다.

누구나 자기 뜻대로 다시 시작합시다, 뜻대로.

누구도, 어느 누구도 늦지 않았습니다.

세상에 살다 보니 별일들 다 있더라구요.

내 인생에 대한 예의

나는 아직도 가난하다. 또한 여전히 궁상이다. 그럼에도 참 끈질기게 글을 쓴다. 언젠가, 아빠를 만난 삼촌이 '은정이는 왜 그렇게 사는지 모르겠다.'라고 했단다. 내 삶에 대해 어떤 말이 오고 갔는지, 말한 자의 생각인지 들은 자의 생각인지 모르겠으나 어쨌든 누군가는 내가 왜 이러고 사는지 한심한 것이다. 심지어 나와 피를 나눈 사람까지.

곰곰 생각해보았다. 나는 왜 이러고 사는가. 이러고 산다는 의미가 뭘까. 내 삶이 왜 한심해 보일까. 돈이 없어서 그런가. 헛된 꿈을 좇는다고 생각하는 것일까. 그런데, 그 모든 건 내가 선택한 내 인생이다. 숱한 상실과 절망을 겪은 후 짜도 짜도 나오는 눈물에 익숙해지고 나서야 겨우 찾은 내 라이프 스타일이란 말이다. 현실에 타협하고 돈 많이 벌면서 사는 사람들이 나보다 행복하다고 단정할 수 있을까. 내가 꿈을 좇는 것이나 그들이 돈을 좇는 것이나 다를 건 없다. 저마다 추구하는 길을 걸으면 되는 것이다.

사실 요사이 경제적으로 몹시 힘들기는 했다. 가진 건 책밖에 없어서 고전 전집을 중고로 팔려고 사진을 찍어두었다. 그러나 결국 팔지는 못했다. 지지리 궁상인 내 꼬락서니가 다 드러날까 봐, 정말 왜 이렇게 사는지 스스로 자문하게 될까 봐 차마 용기가 나지 않았다. 아직 배가 덜 고픈지도 모르겠다.

몇 년 동안 다른 밥벌이 없이 글만 썼다. 아무런 사회 활동을 하지 않았다. 배가 고프기 시작했다. 하루 한 끼 먹는 게 서럽기 시작했다. 한계가 온 것이다. 알바를 구하려고 꽤 열심히 구인 광고를 뒤졌다. 나는 학벌이나 내 경력을 신경 쓰지 않는다. 작고 허름한 식당에서 서빙을 해도 상관없다. 오히려 색다른 일을 할 때마다 좋은 경험이라 생각했다.

그런데 눈을 낮춰도 알바 자리 구하기가 하늘의 별 따기였다. 하찮게 생각했던 알바에서 나이 때문에 면접도 못 보고 떨어졌다. 30대 초반까지 원한다나. 그랬다. 글만 쓰다 보니 나이 든 걸 신경 쓰지 못했다. 아이러니한 건, 식당은 또 경력 있는 50대를 원한다. 어쩌란 말인가. 아, 나는 이제 강사가 아닌 다른 일은 할 수 없게 되었나. 더 중요한 것은 그쪽에서도 경단녀가 되었다는 사실이었다. 나는 돈이 없고 겨울은 다가오고 글은 쓰고 싶고 타협하긴 싫었다.

이 글을 읽으면서 누군가 '얘는 왜 그렇게 살까?'라고 생각할지도 모르겠다. 경제력이 바닥이라는 건 부정하지 못하겠지만, 인생이 늘 한결같지 않다는 것도 알고 있으므로 두렵지 않다. 나는 당분간, 어쩌면 평생 이렇게 살지도 모르겠다. 그렇게 원했던 작가로, 자유로운 싱글로. 돈 따위가 그 두 가지를 매수할 수는 없다. 한 번쯤 내가 원하는 대로 살아주는 게 내 인생에 대한 예의 아닐까? 누가 뭐래도, 마이 라이프 브라보다.

매달리기를 잘하는 아이

꽃보다 예뻤던 여고생들. 어른이 되는 것보다 두려웠던 대학 입시. 그때 반 아이들이 제일 싫어했던 것은 체력장이었다. 달리기, 윗몸 일으키기 따위를 평소에는 절대 하지 않는, 아니 할 수 없는 여고생들에게 체력장은 지옥 같았다. 차라리 밤새워 공부하는 게 나을 정도였다. 도대체 누워서 윗몸은 왜 일으켜야 하는가에 대해 열띤 투정을 부렸다. 그즈음 나 역시 운동을 거의 하지 않았고 체육복은 촌스러웠고 운동장은 쓸데없이 넓었다.

가장 이해하기 힘든 종목은 철봉 매달리기였다. 턱걸이도 아니고 매달리기. 굳이 왜 매달려야 하는 건지 우린 알 수 없었다. 남학생들은 턱걸이를 한다는데, 여학생들은 왜 매달리기를 시킬까. 남자는 자신의 근육을 조절하면서 몸을 올랐다가 내렸다가 하는데 여자들은 왜 한 자세로 버티는 걸 해야 할까.

한 아이가 양손으로 철봉을 붙잡으면 다른 아이가 몸을 밀어 올린다. 턱이 철봉 위로 솟으면 체육 선생님은 호루라기를 불었고 아이는 철봉에 대롱대롱 매달렸다. 십 초 이상 버티는 아이가 거의 없었다. 내 차례가 왔다. 눈을 꼭 감고 매달렸다. 팔이 부들부들 떨렸다. 내려오기 싫었다. 이것도 버티지 못하면서 뭘 버틸 수 있을까 싶었다. 아무 말도 들리지 않는 진공 상태에 이르자 누군가 내 엉덩이를 툭 쳤다. 눈을 떴더니 반장이었다. 그녀는 심드렁한 얼굴로 그만하고 내려오라고 말했다. 삼십 초가 지나자 선생님이 언제까지 하나 보자며 기다렸다고 했다. 자리로 돌아가는 내내 똑같은 단어가 폭죽처럼 터졌다.

독한 년. 독한 년. 독한 년.

나는 독한 년이 아니다. 독한 사람은 스스로 인생을 버리는 사람이다. 나는 그걸 십 년 넘게 시도하고도 성공하지 못했다.

그러니 독한 년이 아니다. 못난 년이다. 죽지 못해서 매달리는 것이다. 그저 나는 악착같이 매달리는 걸 잘하는 것뿐이다. 그때도 지금도 그렇다. 살려면 그거라도 해야 했다. 그건 마음만 먹으면 누구나 할 수 있는 일이다. 나는 우리가 독해지지 말고 차라리 못났으면 좋겠다. 못난 사람은 얼마든지 따뜻해질 수 있는 사람이다. 마음이 말랑해지면 매달리게 된다. 살고 싶어서, 이왕이면 예쁘게 살고 싶어서.

매달리는 것. 그게 철봉이든 꿈이든 나는 지금도 매달리는 것을 잘한다. 꿈에도 행복에도 계속 매달리고 있다. 그것들이 당장 내게 오지 않더라도 매달리다 보면 매달리는 방법을 알게 된다. 아무도 알아주지 않더라도 상관없다. 내가 아니까, 내가 알면 되니까. 막상 해보면 그 과정도 즐거운 순간이 있다. 땀을 삘삘 흘리고 온몸을 바둥거리면서 매달리는 내가 기특하고 예쁜 그런 순간. 그 덕분에 나는 이렇게 잘 버티고 있다.

수난이 시작되었다

—

따뜻한 남도에도 드디어 눈이 왔다. 이른 아침 반려견의 사료를 챙겨주기 위해 일어났다가 마당에 쌓인 하얀 눈을 보았다. 그러나 야행성인 나는 오후에 무슨 일이 일어날지 전혀 예상하지 못한 채 다시 잠들었다. 정오쯤 일어나보니 눈은 다 녹았으나 세상이 꽁꽁 언 것만 같았다. 씻기 위해 온수 보일러를 틀고 욕실로 향했다. 이때부터 수난이 시작되었다.

물이 나오지 않았다. 혹한에 가끔 있던 일이라서 생수로 간단히 세수했다. 드라이기와 데운 물을 들고 동파된 수도관을 녹이는 작업은 고달팠다. 꼬박 이틀을 녹인 후에야 물이 나왔다. 얼마나 기쁘던지, 감사하다는 말이 튀어나왔다. 자, 이제 제대로 씻어볼까?

그러나 보일러 조절기에 에러 표시가 떴다. 보일러실로 향했다. 보일러 기관통을 열어서 광전판과 점화 플러그를 열심히 닦았다. 연통을 털어 환기도 시켜주고 배관에 핫팩을 붙여서 스타킹으로 돌돌 싸맸다. 저녁이 다 되어서 보일러가 우렁차게 돌아갔다. 이젠 정말 샤워를 할 수 있을까?

그럴 리가. 인생은 그렇게 만만하지 않다. 이번에는 온수가 문제였다. 따뜻한 물이 나오지 않았다. 반나절이나 온수 배관을 녹여야 했다. 사흘 만에 뜨거운 물로 샤워하는데 눈물 나게 감사했다.

물이 나오지 않을 때는 제발 물만 나왔으면 좋겠고, 보일러가 고장 났을 때는 보일러만 돌아가면 소원이 없겠고, 온수가 나오지 않을 때는 온수만 나오면 살 것 같았다. 우리는 사람이 한 계절을 무사히 보내기 위해서는 일상에 얼마나 많은 수고가 필요한지 잘 모르고 산다. 간혹 그중 하나가 제 역할을 하지 못할 때 오는 불편을 느끼고서야 감사함은 무섭게 고개를 든다.

지금 우리 집 부엌은 전기가 고장 났다. 형광등을 새것으로 바꿨는데도 클럽의 조명처럼 깜빡거린다. 물과 보일러의 수난을 겪어서일까. 전기가 완전히 나가지 않은 것이 어디인가 싶다. 다른 방에는 문제가 없으니 감사할 뿐이다. 전기마저 고치고 나면 늘 그래온 것처럼 잊고 살겠지. 수돗물이, 온수가, 보일러가, 전기가, 이 모든 것을 누리는 일이 얼마나 소중하고 감사한지를.

그럼에도 불구하고

—

모두 하나같이 그녀를 말렸다. 기름통을 들고 불더미 속으로 들어가는 것이라고 했다. 안 봐도 미래가 뻔하다며 입에 거품을 물고 반대했다. 그녀가 선택을 망설이는 자체부터 문제가 시작된 거라고 했다. 모두 점쟁이처럼 그녀의 미래를 꿰뚫고 있었다. 그녀는 말없이 술만 마셨다. 나도 술만 마셨다.

마흔이 훌쩍 넘도록 미혼이었던 커리어우먼이 사랑에 빠졌다. 상대는 자상하고 매력적인 남자였다. 다만 남자에게는 한 번 결혼했던 과거와 어린 자식이 있다는 게 그녀를 망설이게 만들었다. 중요한 것은 그럼에도 불구하고 그녀가 남자를 사랑한다는 사실이었다. 그녀는 정말 사무치게 그를 사랑했다.

두 사람 사이에 결혼 이야기가 오가면서 그녀는 고민에 빠졌다. 술자리의 주체는 종종 그녀였다. 늦은 나이에 진정한 사랑을 만났다며 행복해하던 그녀의 모습이 떠올랐다. 힘들 걸 예상하지만 놓을 수 없는 남자를 향한 애틋한 마음. 나는 길게 듣지 않아도 그녀의 마음과 그녀 앞에 놓인 문제를 충분히 이해할 수 있었다.

그녀가 내 의견을 물었던 날, 나는 망설이지 않았다.

"결혼해."

원성의 목소리와 비난의 눈빛들이 날아왔지만 나는 아랑곳하지 않았다.

"모두 상대를 위하는 척하지만, 누구도 타인의 사랑을 이해 못 해. 지금 말려주길 원하는 게 아니라 용기 줄 사람이 필요한 거잖아. 생각지도 못한 시련이 올지도 몰라. 어쩌면 이혼할 수도 있겠지. 그렇지만 그건 지금 판단할 수 있는 게 아니잖아. 살면서 한 번쯤 사랑을 믿어보는 것도 나쁘지 않다고 생각해."

그날 그녀의 얼굴은 세상을 다 가진 듯했다.

나는 '그럼에도 불구하고'라는 말에 깊은 애정이 있다. 그럼에도 불구하고 사랑하며, 그럼에도 불구하고 목숨 바쳐 싸우고, 그럼에도 불구하고 살아가는, 그 모든 '그럼에도 불구하고'가 내포한 상황은 하나같이 절절하고 안타깝다. 어느 정도 안정과 행복이 예측되는 삶을 마다하고 '그럼에도 불구하고'의 길을 걷는 사람은 얼마나 주체적인가. 그 길을 가기까지 많은 고뇌와 갈등에 힘겨웠을 테지만, 결국 시련까지 포용하는 길을 선택한 사람들. 가는 길이 꽃길이 아니더라도 그들은 충분히 자신의 행복을 찾아갈 사람들이다.

결정적인 그 어떤 것도 '그럼에도 불구하고'에 근거했을 때가 아니고는 성립될 수 없다고 했다. 살아가면서 많은 선택을 해야 하고 반드시 어느 길로는 가야 하는 우리는 '그럼에도 불구하고'라는 장애물 앞에서 여물고 성숙하기 마련이다. 모든 선택이 완벽할 수는 없다. 밤의 길목마다 가로등이 훤히 비치는 것은 아니다. 그러나 빛이 없는 길에서만 볼 수 있는 것이 있다. 어떤 결정이 더 나으리란 보장은 없는 것이다.

가보지 않고는 함부로 말할 수 없는 것이 인생이기에 한 번쯤은 '그럼에도 불구하고' 돌진해볼 수도 있는 게 아닐까. 그 결과가 만족이라면 더없는 행복일 테고, 설령 후회가 냉큼 달려

오더라도 쉽지 않은 길을 돌아 나온 사람에게는 그만큼의 연륜이 생길 것이라 믿는다. 더 나은 선택을 할 수 있는 지혜 같은 것. 시련을 극복한 사람만의 노하우 같은 것.

나는 어느 쪽이든 좋다. 다만 '그럼에도 불구하고'의 상황에서 갈등하는 사람이 곁에 있다면 가보라고 권하는 편이다. 하지 않고 후회하느니 차라리 하고 상처받는 쪽을 택하는 것이 훨씬 멋진 삶 아니겠냐고 조언한다. 겪은 바에 의하면 열에 아홉은 등 떠밀어주길 원했다. 혼자 들어설 용기가 나지 않는 낯선 길. 그러나 꼭 가보고 싶은 길. 그 길을 향해 누군가 슬쩍 밀어주길, 아닌 걸 알지만 '그럼에도 불구하고' 갈망하는 그 길로 걸어갈 자신을 응원해주길 바라는 것이다. 대부분 마음을 이미 정해놓은 채 첫발을 떼지 못해 힘들어했다. 그럴 때는 그저 등 한 번 쓱 밀어주면 그만이다. 그렇게 들어서고 나면 또 알아서 잘 걸어가는 게 사람이었다.

나는 살아오면서 선택의 갈림길에 설 때마다 '그럼에도 불구하고' 쪽으로 걸어갔다. 상처 받았고 아팠고 힘들었던 상황이 수도 없이 들이닥쳤지만, 후회는 하지 않았다. '그럼에도 불구하고' 선택한 인생이기 때문이었다. 그 대단한 선택을 한 내가 좋았고 그 선택에 책임을 지려 애쓴 내가 기특했다. '그럼에도 불구하고'를 선택하면서 받은 상처들은 은유라는 날개를 달고 내 문학에 깊이를 더했고, 그것만으로도 먼 길을 돌아 나온 인생이 아깝지 않았다.

과거의 나는 그럼에도 불구하고 누군가를 사랑했고, 그럼에도 불구하고 문학을 시작했으며, 그럼에도 불구하고 산과 바다에서 은둔 생활을 이어갔다. 그 모든 상황이 현재의 나를 만들었을 것이다. 가난하지만 부끄럽지 않은 당당한 나로, 이젠 어느 길로도 갈 수 있을 만큼 단단해진 나로.

결국, 그녀는 '그럼에도 불구하고' 그 남자와 결혼하여 가정을 이루었다. 자연 임신이 힘든 노산임에도 아이를 갖고 싶다던 그녀는 시험관 시술을 준비 중이다. 두 번째 '그럼에도 불구하고'를 선택한 그녀. 그 길로 천사 같은 아이와 행복이 동행하길 기도한다.

어떤 힘도 나로부터 나온다

내가 열네 살이었을 때 아빠가 하던 일이 망했다. 심지어 내가 생애 처음 교복을 입고 학교에 다녀온 날 우리 집은 초라하고 좁은 집으로 이사했다. 초경을 시작할 때쯤이었고 남학생과 시선을 마주치는 것조차 부끄러워진 무렵이었다. 말괄량이였던 나는 점점 어두워졌다. 말수는 적으나 반항심은 점점 늘어갔다. 나는 그냥 혼자이고 싶었다.

아빠가 두 번째로 망했던 것은 내가 대학교에 입학할 무렵이었다. 그 유명한 IMF가 우리 아빠만 비껴갈 리는 없었다. 나는 또다시 내 안의 숲으로 들어가려고 했다. 그런데 예전과 다른 조건이 있었다. 스무 살. 성인이 된 것이다. 나는 나를 가두는 대신 거리를 배회했고 술을 마셨고 외박을 했다. 여차하면 집에서 나가 혼자 살아도 그만이라는 생각이 들었다. 그런 생각은 아빠의 권위에 맞설 용기가 되어주었다.

내가 재수 없는 아이라는 생각은 성인이 되어서도 이어졌다. 하필 내 인생 중요한 시기마다 아빠가 망했고, 그로 인해 엄마는 일을 해야 했다. 아빠가 망한 것보다 엄마가 일을 나가는 게 더 싫었는데, 결국 그건 아빠 때문이라는 생각에 아빠를 계속 미워하게 되었다. 그 모든 게 내가 재수 없어서 그런 게 아닐까, 그런 생각을 했다. 재수 없는 아이가 태어나서 자꾸 불행한 일만 생기는 거라고. 그래서 나를 없애버리고 싶었다. 그런 생각들은 다른 관계 속에서도 튀어나오곤 했다.

어떤 관계가 무너지면 모두 내 탓인 줄 알았다. 데이트 폭력을 당해도 내 탓, 성추행을 당해도 내 탓, 이 세상의 모든 불행은 내 탓. 그러니까 나 같은 건 없어져야 해. 불행의 씨앗 같은 쓸모없는 인간.

그 생각을 완전히 버리게 된 계기는 독립이었다. 모든 관계와 장소와 경제로부터의 독립. 오롯이 내 바이오리듬에 맞춰

전개되는 일상은 내 취향과 내 삶을 들여다보게 만들었다. 예전에는 느껴보지 못했던 마음의 여유, 그 시간이 모여 자존감을 형성하고 있었다. 점점 내가 좋아지기 시작했고 잘 살고 싶어졌다. 나를 웃게 하는 대부분의 장면은 타인이 아니라 나로 인해서 생기는 것이었다. 나는 재수 없는 인간도 쓸모없는 인간도 아니었다. 일이 바빠져도, 심심해서 뒹굴거려도, 완벽하게 불행하지는 않았다. 나를 이끄는 어떤 힘도 나에게서 나온다는 것을 깨닫게 되었다.

그것은 상상하지 못했던 내면의 변화를 일으켰다. 증오가 사라졌다. 나를 아프게 한 사람들에게 연민이 생기기 시작했고 하나둘 용서하기에 이르렀다. 아마도 더 큰 행복으로 가는 포문이었을 것이다. 이로써 나는 홀로서기까지의 고난마저 기특하게 여기게 되었다. 인생에서 가장 값진 교훈은 정신적, 경제적으로 완전히 독립했을 때 오는 게 아닐까 싶다. 누군가를 하염없이 의지하고 있지는 않은지 시시때때로 점검해보는 게 좋겠다.

잘라내기라도 해야지

대문이 집 안쪽으로 휘었다. 시골에서는 으레 대문이 없고 있어도 밤낮으로 열어놓으니 방문객들이 문이 열린 줄 알고 밖에서 미는 일이 예사다. 언젠가 나도 우리 집 대문이 열린 줄 알고 달려가 밀다가 손에 멍이 든 일이 있다.

안으로 휜 대문을 고정하기 위해 시멘트를 사 왔다. 외진 곳에 살고 나서부터 이만한 작업은 식은 죽 먹기가 되었다. 적당한 양의 물에 갠 시멘트를 대문 아랫도리에 발라주었더니 휘었던 문이 제법 바로 섰다. 시멘트가 말라 힘을 응집하기까지 건드리지 않는 것이 좋다. 그 바람에 며칠 대문을 훤히 열어두어야 했다.

대문이 열려있으니 집주인은 무방비가 되었다. 지나가는 이웃도 괜히 얼굴을 들이밀며 기척을 하고, 뭐가 신기한지 등산객들도 마당 안을 기웃대는 것이 예사였다. 심지어 동네 개들도 우리 집 마당까지 마실 와서는 뒷일을 보고 갔다. 안에서만 맴돌던 공기는 문밖으로 신나게 달려 나가고 밖에서 부는 바람은 이방인의 향기를 뿜으며 집안으로 침입했다. 여닫아야 할 것이 없으니 모든 게 자유분방해져 버렸다. 그것은 내가 원하던 자유가 아니었다.

휘어진 문을 바로 세우면서 곰곰이 생각했다. 문이 안쪽으로 휜 것은 주로 바깥쪽에서만 압력이 가해져서 그런 것이구나. 택배, 집배원, 이웃, 지인…. 내가 찾지 않아도 사람들은 나를 찾아와 대문을 밀었다. 문이 열려 있었다면 휘지 않았을 텐데, 나는 언제나 대문을 굳게 잠근 채 외부와의 소통을 차단하고 살았다. 문은 열리거나 열어주어야 하는데 내 문은 함부로 열지 못하는 무쇠 가마였다. 아무리 무쇠라 한들 끈질긴 압력에 하릴없이 무너지고 있던 대문. 우리 집 대문, 그리고 내 마음의 대문.

태풍이 할퀴고 지나간 마당에는 나무들이 일제히 오른쪽을 향해 휘었다. 떨어진 이파리와 잔가지들도 오른쪽으로 휩쓸려 있었다. 후진 따위는 하지 않는 태풍의 진로대로 압력이 가해진 탓이다. 나무에 시멘트를 바를 수도 없고 어쩐다? 고민하던 나는 휘어진 오른쪽의 가지들을 일제히 쳐주었다. 나무는 대문과 달라, 한번 휘어진 쪽으로 계속 성장할 것이기 때문이다. 반듯하게 크지 못할 나무가 걱정되었다.

그래야 했다. 인력으로 어찌할 수 없는 시련에 생이 휘었다면, 그것을 바로 세울 방도가 없다면, 잘라내기라도 해야 했다. 내 쪽으로 바람은 계속 부는데 내가 역풍을 일으킬 힘이 없다면 몸을 비틀어야 했다. 속에서 뱅뱅 맴돌게 내버려 두었다간 가슴앓이로 병이 나는 거였다.

휘었던 대문이 반듯해졌고 나무가 몸을 조금 틀었다는 것을 확인한 후, 내심 뿌듯한 기분이 들었다. 내 마음을 시멘트로 바로 세울 것인지, 잘라낼 것들은 잘라내고 몸을 틀 것인지 결정하는 일은 참 하기 힘들었다. 아무리 힘들어도 그건 오롯이 나의 몫이라는 걸 알기에 나는 과감히 잘라내는 쪽을 택했고 아직까지는 후회하지 않는다.

모든 인생은 날마다 처음

—

'처음'이란 말보다 '첫'이란 말이 더 좋다. 명사와 관형사의 차이일까. 첫인사, 첫사랑, 첫 키스, 첫눈. '첫'만 붙으면 설레고 아름다운 단어가 된다.

나는 첫사랑을 하기 전까지 사랑이 뭔지 몰랐다. 아, 물론 '첫'이니까 당연한 건지도 모른다. 사랑이 무언지 정의할 수 없었으니 하는 방법 역시 몰랐다. 아주 오래전, 나의 첫사랑. 그는 진실하고 젠틀한 남자였다. 그와의 첫사랑이 끝나는 것을 감지했을 때쯤 나는 수단을 가리지 않고 그 사랑을 붙들려고 했다. 사랑이 끝나는 것이 두려웠다. 실패하는 것이 싫었다.

사랑이 끝난 후 겪어야 할 감정들을 감당할 수 없을 것 같았다. 첫사랑은 이루어지지 않는다는 말을 최초로 유포한 사람을 경멸하며 보란 듯 첫사랑에 성공하고 싶었다.

나는 그때 처음으로 관계에 관해 알게 되었다. 거짓이나 가식은 사랑하는 이를 떠나게 만든다는 것을, 자존감이 없는 사람이 주로 그렇다는 것을 알아차렸다. 첫사랑에 실패한 뒤로 나는 사소한 거짓말도, 영혼 빠진 가식도 지양하려고 노력했다. 친하고 깊은 사이일수록 더 신경 쓰는 부분이었다. 설령, 내가 너무 진실하다는 이유로 사람이 떠나 버린다면, 그건 어쩔 수 없는 일이다. 어차피 거짓으로 이뤄낸 관계는 오래가지 못하고 그 상처는 고스란히 내 몫이라는 걸 깨달았기 때문이다. 그 깨달음이 옳았다는 확신은 나이가 들수록 강해졌다.

비단 사랑뿐만은 아니었다. 많은 걸 깨닫게 해준 '첫'들의 실패를 통해 나는 조금씩 인생을 배운 듯하다. 내 인생의 실패는 타인을 이해하는 아량도 덤으로 가지고 왔다. '첫' 실수에 대해서는 대체로 용서를 베푸는 사람이 되었다. 때로는 '첫'발을 내딛는 이들에게 용기를 주기도 하고, '첫' 실패를 한 사람에겐 그 경험이 가져올 혜안에 대해 말해줄 수 있는 여유가 생겼다. 처음은 누구에게나 관대하지 않던가. 모험이든 도전이든, 실수든 실패든.

나는 늦은 나이에 '처음'으로 나만을 위한 삶을 살고 있다. 오직 내가 원하는 방향으로 가고 있다. 얇고 흔들리는 꿈이라는 다리 위에서 의연해지려고 애쓰며 매일 쓰고 읽는다. 그저 버티는 삶일지도 모른다. 불안하고 두렵고 막막하지만 '첫'이란 그런 거니까. 이 삶이 실패로 끝나더라도 그것 역시 '첫'이니까 괜찮을 것이다.

모든 인생은 날마다 처음이다. 누구도 부정할 수 없는 사실이다. 우리는 매일 처음을 산다. 이 얼마나 신나는 일인가. 십 대도 육십 대도 오늘은 처음이다. 그러므로 오늘 당장 무엇을 시작하더라도, 그 무엇을 실패하더라도 모두 처음이니 아무렴 어떨까.

가볍게 살다 가진 말아야지

쌀을 선물 받았다. 햇반만 먹다가 쌀을 씻고 밥솥에 넣는 일이 성가셨지만, 갓 정미한 쌀을 먹고 싶었다. 우윳빛의 쌀뜨물이 생겼다. 물을 갈아 두어 번 더 쌀을 씻어내었다. 처음보다 연하고, 두 번째보다 더 맑아진 그것은 씻어낼수록 투명해졌다. 그렇게 각질을 벗겨낸 쌀은 얌전하게 밥이 되길 기다리는 것 같았다.

한데 모아둔 쌀뜨물을 세숫대야에 들이부었다. 세안하기 위해서였다. 쌀뜨물은 피부 미백에 효과가 좋다고 했던가. 미용에 따로 생돈을 들일 수 없는, 자신에게 투자할 수 있는 것은 부지런만이 밑천인 나에겐 밑져야 본전이다. 세안제로 깨끗이

닦아낸 얼굴을 쌀뜨물로 감싸듯 적셔주었다. 세수를 끝내고 무심코 세숫대야를 비웠더니 바닥에 하얀 쌀뜨물 침전물이 남아 있었다.

시허연 침전물을 한 자밤 들어 매만져본다. 매끈매끈한 감촉이 느껴지다가 이내 손가락 사이로 사라져버린다. 마치 자신의 존재를 드러내고 싶지 않은 듯 아래를 향해 곤두박질친다. 한때의 나처럼 어딘가에 머물고자 하는 마음조차 없어 보여 울적함이 생기다가도, 한편으로는 그런 미련 없음이 부럽기도 하다.

쌀의 원형인 벼에는 생의 희로애락이 있었을 게다. 봄에 부지런히 뿌리를 내리고 싹을 틔우던 열정이 들어있고, 혹서에 잦은 태풍까지 이겨낸 강인한 근성도 얼마쯤 들어있겠지. 마침내 결실의 계절인 가을 아래에 서서 가야 할 때임을 알고 몸을 낮추는 겸손마저 배어있을지도 모르겠다. 겨울에 볏짚을 태우면 땅의 천연비료가 되니, 그렇게 마지막까지 쓸모를 다하고 가는 희생과 덕이 쌀뜨물에 배어있지 않을까.

밥을 해먹지 않아서 쌀뜨물을 자주 만나지 못했던 나의 손은 그동안 얼마나 덕을 쌓았을까. 침전되어 자신을 드러내지 않는 쌀뜨물의 원형처럼 겸손하게 살고 싶다. 일단 다짐하는 순간 삶이 조금은 그 다짐에 닮아가지 않던가. 부유하는 빈껍데기로 가볍게 살다 가진 말아야겠다는 막연한 의지로 씩씩하게 또 한 계절을 보내는 중이다.

시간을 소모하고 깨달은 것

냉동실에 자꾸만 성에가 끼었다. 수북이 매달린 성에는 안에 들여놓은 죄 없는 음식들을 위협하며 아래로 성큼성큼 내려오고 있었었다. 물건을 꺼낼 때마다 비듬 떨어지듯 성에 가루가 떨어지는 냉동실 앞에서 며칠 동안 인상만 구기고 지나쳤다. 함부로 시작할 수 없는 것이 냉장고 청소였다. 특히나 성에를 제거하는 문제는 냉장고 성능에 지장을 줄 수도 있기에 전문가에게 의뢰하는 편이 낫다는 지인들의 충고를 되새기는 중이었다.

며칠 날이 더워지면서 냉동실에 음식이 쌓이기 시작했다. 당연히 냉동되어 있어 마땅한 아이스크림과 얼음부터 아까워 버리지 못한 찬밥, 재래시장에서 소쿠리째로 사들인 고등어, 홈쇼

핑 쇼호스트의 화려한 입담에 현혹되어 구매한 갈치, 작년 설날에 먹고 남은 만두에서 다지거나 썰어놓은 음식 재료들까지. 좁은 냉동실에서 성에의 위협을 받으며 제각각 일그러진 모양으로 자리를 차지하고 있는 음식물들에 자꾸 신경이 쓰였다.

우리 엄마는 냉장고를 세 대나 운용하는 냉장고 애호가다. 평소 방마다 전기 콘센트는 다 뽑고 다니던 알뜰한 엄마였지만 냉장고에만큼은 한량없이 관대했다. 손이 커 한 번에 음식을 많이 해서 두루두루 나눠 먹어야 직성이 풀리고, 식구가 많아 식재료를 잔뜩 사다가 보관해놓아야 마음이 편한 사람이었다.

엄마의 냉동실에는 시커먼 봉지들로 가득했다. 봉지째로 꽁꽁 얼어버린 그것들을 넋 놓고 보고 있노라면 뒤가 서늘해지곤 했다. 만져보아서는 대략 어떤 식재료인지 판단이 서지 않아 스무고개를 해야 하는 때가 다반사였던 나와 달리 엄마는 어느 냉장고 몇째 칸 어디쯤 무엇이 존재하고 있는지 다 알고 있었다. 언젠가 냉동실에서 무언가를 찾다가 검은 봉지 하나가 떨어지면서 내 발등을 찧은 적이 있었다. 벽돌을 넣어놨나 싶을 만큼 아팠다. 나는 다 갖다 버리라고 짜증을 부렸고 엄마는 무안한 얼굴로 떨어진 봉지를 처리했다.

그런 엄마가 독거 중년인 딸을 위해 또 음식을 보냈다. 엄마가 보낸 반찬들을 분리해서 적당한 통에 담았다. 두고두고 먹으라고 얼려 보낸 국을 냉동고에 집어넣으려 했다. 냉동실 문을 열자 문 앞까지 점령한 성에 때문에 안에 있는 음식물도 밖으로 꺼내기가 성가셔졌다. 성에를 없애야 했다. 딸을 생각해서 보낸 엄마의 음식들 때문에 기어이 인륜지대사와도 같은 냉장고 청소를 해야 할 판국이었다.

냉장고 전원을 끄고 냉동고를 비웠다. 바위처럼 딱딱한 성에를 만져보니 보통 일이 아니겠구나 하는 불길한 예감이 다가왔다. 차갑거나 뜨거운 양단간에 성질을 가진 것들은 끝내 상온이 되기 마련이니까 시간이 필요할 뿐이라고 혼자 아는 체했다. 알아서 녹아내릴 거라 확신하고 목욕을 했는데, 목욕을 마치고 나와도 성에 덩어리에서는 병아리 눈물 흘리듯 몇 방울의 녹은 물만 똑똑 떨어지고 있었다.

젖은 머리를 말리기 위해 에어컨의 전원을 켜고 드라이기를 손에 들었다. 긴 머리를 천천히 말리면서 성에를 없애는 방법에 대해 골똘히 생각했다. 저대로 알아서 녹아주길 기다리다간 집에 있는 음식들이 다 상할 판이었다. 그러다가 손에 들고 있는 드라이기가 생각났다. 사실 며칠 전에도 생각은 했었다. 나는 머리를 말리다 말고 드라이기를 들고 부엌으로 향했다.

성에가 낀 쪽을 향해 드라이기를 발사했다. 정말 믿을 수 없게도 단 몇 분 만에 모든 성에가 물이 되어 떨어졌다. 이 간단하고 편리한 방법을 두고 그렇게 불편하게 지냈다고 생각하니 억울하기 짝이 없었다. 흥건한 물을 말끔하게 닦아내고 전원을 켰다. 냉동고가 차가워지기 시작할 무렵에 다시 음식들을 넣어주었다. 십 년 묵은 체증이 내려가는 기분이었다. 방으로 돌아와 보송보송 말리지 못한 머리카락을 마저 말리면서 자책했다.

'며칠 동안 아무런 시도도 하지 않고 머리만 굴렸구나….'

손발이 좀 고생해도 시간을 버는 게 나을 텐데, 오 분도 안 돼서 끝날 일을 시도조차 하지 않아서 며칠이나 허비했다는 생각이 들었다. 분명 그전에도 드라이기를 떠올렸기 때문이다. 시도하지 않고 생각만 하면 아무것도 해결할 수 없고, 도전하지 않으면 아무 일도 일어나지 않는다는 사실을 굳이 긴 시간을 소모하고서야 깨달은 것이다.

질풍노도의 계절

만개(滿開)라는 말이 유일하게 어울리는 봄, 춘삼월. 외출을 해야 하는데 도통 입을 옷이 없었다. 옷장 가득 들어있는 게 분명 옷일진대 거짓말처럼 입을 만한 옷이 하나도 보이지 않았다. 가끔 그런 농담을 들으면 남의 얘기인 줄만 알았다. 그게 내 이야기가 되다니. 그건 다름 아닌 어정쩡한 계절 탓이었다. 날씨에 맞는 적당한 옷을 선택하기가 까다로워지기 시작했다. 옷장 속에 있는 옷의 가짓수나 종류가 중요한 게 아니라 몸에 옷감을 얼마나 걸쳐야 하는지가 관건이었다.

간밤에 산책하러 나가면서 옷장에 넣어둔 패딩을 다시 꺼내 입었는데, 안 입고 나왔으면 어땠을까 싶을 만큼 바람이 쌀쌀

했다. 현명한 선택을 한 나를 칭찬하며 여유롭게 산책하고 돌아왔다. 하루 사이에 얼마나 따뜻해졌을까 싶지만, 간밤만큼 쌀쌀하더라도 3월의 한낮에 패딩을 입기가 꺼려졌다. 고운 햇살이 봄이 왔음을 부르짖는데, 패딩이라니. 남사스럽게.

나는 니트 티셔츠에 카디건을 가볍게 걸치고 집을 나섰다. 집 안에서 느껴지는 바깥 햇살이 포근해 보였다. 그러나 차를 주차해놓은 곳까지 가지도 못한 채 종종거리며 다시 집으로 돌아와야 했다. 멋없고 투박한 패딩을 다시 꺼내 입다가 신조어 '얼죽코'라는 말이 떠올랐다. '얼어 죽어도 코트만 입는다'라는 뜻이다. 아무래도 패딩은 스타일보다는 방한에 가까워서 맵시를 살리기 힘들기도 하고 코트가 분위기 있어 보인다는 것에는 동감이다. 나도 얼죽코를 고집했던 시절이 있었다. 그랬던 내가 여기저기 꽃망울을 터트리는 3월 말일에 패딩을 입고 마스크를 쓰고 거리를 누비게 될 줄은 몰랐다. 나이를 탓하랴, 계절을 탓하랴.

멀쩡한 사람도 선택 장애를 일으키는 애매한 계절이다. 내가 겪은바, 절기상 겨울의 끝이자 봄의 시작인 3월 말이 그랬고, 여름의 끝이자 가을의 시작인 9월 말 즈음이 그렇다. 냉난방을 선택하기 모호하고 외출복을 선택하는 데에도 꽤 시간이 걸리며 방심했다간 꽃구경이고 단풍 구경이고 다 날려버릴 감기 몸살과 맞닥뜨릴 수 있는 날씨. 마치 인생에 짧게 왔다가는 사춘기와 갱년기 같은, 도무지 예측할 수 없는 질풍노도의 계절이다.

닦달해서 쫓아버릴 수도 달래서 잠재울 수도 없는 노릇. 까딱하다간 역풍을 맞을 수 있는 때가 바로 질풍노도의 시기니까. 그저 인생의 그 시기들처럼 가만가만 눈치 보며 지나가기를 기다리는 수밖에 없다. 그나마 꿋꿋이 봄을 알리는 작은 생명과 일 초라도 빨리 솟으려는 태양을 보니 마음이 간지럽다. 먼발치에서나마 완연한 봄을 마중한다. 세월을 보내면 보낼수록 어느 계절이든 반갑고 기꺼운 마음으로 마중하게 되는 것 같다. 마중은 언제나 배웅보다 즐거운 법이다.

겪은 만큼 보인다

문학의 길을 선택하기 전, 내 삶은 제법 여유가 있었다. 학원 강사에 개인 과외까지 쉬지 않았다. 철이 바뀌면 백화점에 가고, 배고픈 사람을 만나면 밥 사주고, 술 고픈 사람을 보면 술 사주고, 경조사까지 빠짐없이 챙기며 살았다. 밤거리를 활보하며 흥청망청 젊음을 쏟아부었다. 방황은 젊음의 특권이라 생각했다. 그렇게 무책임하게 흘려보낸 청춘의 내가 가난하고 고독해진 중년의 내게 아픈 손가락이 될 줄은 몰랐다.

나는 깊은 상처와 마음의 병을 핑계로 생업을 놓았고 묵혀둔 꿈을 붙잡았다. 그 길은 험난했고 나는 대체로 가난했지만, 다행스럽게도 성과는 분명 있었다. 바라던 작가가 되었고 결핍에서 오는 불편함에도 익숙해져서 그런대로 살 만해졌다. 내가 지독한 빈곤과 고된 꿈의 길을 걸으면서 한 가지 느낀 것이 있다. 사람은 '겪은 만큼 보인다'는 사실이다.

편의점에서 산 삼각김밥을 상가 계단에 쪼그리고 앉아서 먹는 아이를 보았다. 여덟 살이나 됐을까. 꾀죄죄한 몰골의 아이는 허겁지겁 배를 채웠다. 산책 나온 척하며 슬쩍 폐지를 줍는 노인의 부끄러움도 보았고, 찢어진 안전화를 신고 출근하는 위험한 사내도 보았다. 언제부턴가 내 눈에는 그런 사람들만 보인다. 예전에는 보이지 않았던 사람들이 자꾸만 보인다.

음식점 안에서 주문한 음식을 기다리다가 창 너머 나를 쳐다보고 있는 누군가를 발견하면 혹시 배가 고파서 보고 있나 싶어 미안해진다. 늦은 오후, 놀이터 그네에서 혼자 무료하게 앉아있는 어린아이를 보면 어두워지기 전에 부모가 퇴근할까 걱정된다. 남의 밭에서 배추 한 포기를 뽑아 뛰어가는 낯선 아주머니를 보면서 넘어지지 말고 가셨으면 한다. 눈에 보이는 만큼 곁들이는 마음도 달라진 것이다.

세상은 줄곧 배고프고 외로웠다. 내 배가 부르고 사랑에 굶주리지 않았을 적에는 몰랐던 세상. 알았더라도 그때는 내 관심 밖이었을 고단한 사람들. 겪은 만큼 보이는 것이 사실이라면 내 인생에 훌렁이질한 시련을 감사히 새겨야 할는지도 모르겠다. 힘겹게 살아가는 사람들이 눈에 보이고 그들의 삶에 공감할 수 있게 된 중년의 내가 좋다. 눈이 아니라 마음으로 보는 시선. 그 안에는 곧 자신의 인생이 스며있는 까닭이 아닐까.

3장.

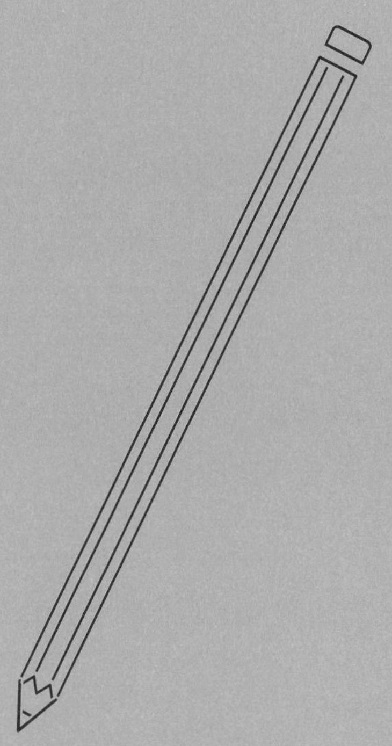

나에게 말을 건 생각들

목마른 사람이 떠다 먹으면 됩니다

—

어느 교수님의 강의에서 들은 일화다.

화면에 초등학교 교과서에 나오는 삽화가 떴다. 교자상 앞에 삼대가 둘러앉아 식사 중인 화목한 명절이다. 얼핏 보면 문제 없어 보인다. 그러나 앞치마를 두른 중년 여성이 시동생으로 보이는 젊은 남성에게 물컵을 건네는 모습이 논쟁거리였다. 아이, 어른 할 것 없이 가족들 모두가 즐겁게 식사 중인데, 여자 혼자 일어서서 손아랫사람에게 물시중을 들고 있었다.

교수님은 언젠가 모 대기업에서 진행했던 '양성평등' 강의에서도 그 삽화를 사용했다고 한다. 당시, 삽화의 문제점에 대해 지적하자 강의를 듣던 중년 남성이 이렇게 물었다.

"그럼 물은 누가 떠줘요?"

황당한 교수님은 웃으며 대답했다.

"목마른 사람이요."

우리 엄마는 긴 세월 아빠에게 물을 떠다 바쳤다. 물시중이면 양반이다. 아빠가 "양말!" 하면 더러운 양말을 벗겼고 "재떨이!" 하면 재떨이를 갖다 바쳤으며 "엠비씨!" 하면 텔레비전 앞으로 가서 채널을 맞추곤 했다. 나는 엄마가 그렇게 사는 것이 싫었지만, 아빠는 무서운 남편이었다.

엄마를 안타까워하고 아빠를 비난하던 누구도 바람직한 상황으로 이끌어 주거나 올바른 조언조차 해주지 못했다. 같은 여자들마저 엄마한테 참고 살아야 한다는 말만 했고, 여자 인생이 다 그렇고 그렇다고 했다. 남자들은 아빠의 권력에 힘입어 아무 때나 우리 집에 쳐들어오는 무례함을 일삼았다. 아무 권력도 없던 엄마는 자다가 일어나서 술상을 차렸다.

평생 길든 탓인지 엄마는 받는 것을 어색해한다. 내가 커피라도 한 잔 타주면 고맙다는 말을 잊지 않고 심지어 두 손으로 받는다. 반면에 아빠는 예나 지금이나 받는 걸 참 잘한다. 시키는 것도 당당하다. 사람의 습관이 이렇게 무서운 것이다.

불평등한 시대의 사회 통념은 약한 개인을 한없이 무력화시키고 부정당해야 할 권력에 힘을 얹어준다. 엄마는 점점 사라지고 아빠는 점점 커진 이십 세기에 나는 사춘기를 통과했다. 여자라면 부당이나 무례쯤은 당연히 감내해야 하고, 수치심은 뼛속 깊이 새기는 게 마땅하다고 여기는 세상을 역겨워하면서.

엄마는 가끔 말한다. 자신은 자존감이 낮은 것 같다고. 슬프지만, 맞는 말 같다. 성인기의 대부분을 시중이나 들고 살았고 폭언과 폭력에 시달렸으니 자존감이 낮은 게 이상한 일이 아니다. 나는 엄마의 잃어버린 자존감을 찾아주고 싶다.

얼마 전 엄마랑 식사하던 중간에 엄마한테 물었다.

"엄마 목말라?"

엄마가 대답했다.

"아니, 목마르면 떠먹을게."

나는 이때다 싶었다.

"아니야. 엄마는 그냥 목마르기만 해. 물은 내가 떠다 드릴테니!"

엄마는 환하게 웃으며 말했다.

"목마른 사람이 떠먹으면 되지."

순간 좀 울컥했다. 엄마가 그걸 알고 있는 줄 몰랐기 때문이다.

언젠가는 나로 채워질 틈

누군가를 온전히 사랑만 하거나 완벽히 미워만 할 수 있다면 얼마나 좋을까. 사랑하다가 미워하게 되는 거 말고 미워했던 사람에게 연민을 느끼게 되는 거 말고 그냥 사랑이면 사랑으로 끝나고 미움이면 미움으로 완성되는 그런 거. 왜, 도대체 왜, 사랑했던 사람이 미워지고 미워했던 사람이 이해되고 그런 것일까. 왜 그 모양으로 머리와 가슴을 물컹하게 만들어놔서 늘 관계 속에 매몰되게 만들어놓은 걸까.

이런 고뇌를 하기 시작한 과거의 나는 아마 미웠던 누군가를 이해할 수 있을 것 같은 두려움이 생겼던 모양이다. 사랑을 신뢰할 수 없었던 이유는 내가 겪은 모든 유형의 사랑이 아팠기 때문이었다. 정의할 수 없거나 상당히 개인적으로 정의될 수밖에 없는 사랑이라는 영역.

가장 먼저 이해하려고 노력했던 건 아빠였다. 나는 학교 마치고 집에 가는 게 너무 싫은 아이였다. 그럼에도 꾸역꾸역 기어들어 가야 했던 집구석. 늦은 밤, 술에 취한 아빠의 노랫소리가 들리면 쥐새끼처럼 후다닥 불을 끄고 이불 속으로 들어갔다. 술 냄새, 담배 냄새. 아빠가 자는 척하는 내 볼에 얼굴을 부빌 때 느껴지는 거칠한 수염의 감촉은 소름 끼쳤다. 나는 생각했다. 앞으로 닥칠 내 인생의 모든 불행은 아빠 때문일 거라고.

그런 아빠를 조금 이해하기 시작한 것은 아이러니하게도 내가 큰 불행을 겪고 있을 때였다. 정말 아빠 때문일까 곰곰이 생각하게 되었고 그 과정에서 아빠는 왜 그랬을까, 하는 의문이 생기기 시작했다. 의문의 끝에서 마침내 알게 된 사실이 있었다. 나는 단 한 번도 아빠가 왜 그랬는지, 왜 그런 사람이 되었는지 알려고 하지 않았다는 거였다. 그래서 아빠의 얘기를 들어보기로 했다. 변명할 기회를 주려는 게 아니었다. 변명도 해명도 필요 없는 명백히 잘못된 가장의 모습이었지만, 인간적으로 궁금했다.

아빠는 오랫동안 목말랐던 질문인 듯 조곤조곤 자신의 이야기를 풀어놓았다. 무엇보다 아빠는 자신의 잘못을 알고 있었다. 그때부터 나는 미움으로 가득 찼던 아빠를 향해 1%의 틈을 만들어놓았다. 용서나 이해 따위의 특정한 감정을 집어넣은 것이 아니라 어떤 감정이든 들고 날 수 있도록 그저 비워둔 마음의 자리. 딱 1%.

두 번째 상대는 사랑했던 사내였다. 아빠한테 했듯이 그를 위해 마음의 틈을 만들어 놓으려고 했다. 1%만 그렇게 하려고 했다. 그런데 문제가 생겼다. 아빠 때랑 달랐다. 그 사람은 복잡했다. 내 안에서 여러 가지 감정이 얽히고설켜 혼란스러웠다. 사랑이 100%였던 남자와 이별한 후, 1%의 틈을 만드는 것은 어쩌면 99%의 흔적을 남기는 일이었다. 그래도 나는 틈을 만들었다. 그 틈으로 무엇이 들어가든 가득 찼던 사랑까지 남김없이 빠지길 바라며.

사랑이면 사랑, 미움이면 미움, 특정한 존재를 향한 완벽한 마음은 없는가 보다. 그래서 난 이 말을 좋아한다. 애증(愛憎). 어쩌면 모든 관계가 애증이 아닐까. 심지어 나 자신에게도 말이다. 그래서 자꾸 고민하고 용서하고 미워하면서도 부대끼며 살고 그런 거겠지. 내가 만든 틈 사이로 휑한 바람과 애증이 평생 들고 날지도 모르겠다. 그러다가 종국에는 애(愛)로만 충만해지길 바란다. 그런 벅찬 순간을 생애 한 번쯤 느껴보고 싶다.

나는 봄에 가장 못생겨진다

퇴비가 도착했다는 전갈에 대문을 나섰다. 마을에는 수백 포대의 퇴비가 작은 건물처럼 곳곳에 쌓여있었다. 이십 킬로그램짜리 퇴비를 수레에 실어서 집까지 나르는 일이 힘들다고 생각한 적은 없다. 그 무게가 새 생명에겐 밥줄이나 다름없었고 곧 나의 밥줄과도 이어졌기 때문이다.

봄, 내가 그것을 고약한 퇴비 냄새로 맞이한 지 벌써 십 년이 넘었다.

남도에는 봄이 빨리 오고 겨울은 늦게 온다. 마을 주민에게 퇴비가 배포되었다는 건 봄이 온다는 뜻이고 텃밭을 갈라는 신호다. 겨우내 제 속 한번 들여다본 적 없었을 밭을 호미로 콕 찍어 뒤집어준다. 답답했다는 듯 곱고 짙은 속살이 숨을 토한다. 한 계절을 기다린 고운 황토를 보면 내 속도 뚫리는 것 같다.

흙과의 재회, 그것이 내게는 봄이다.

텃밭 여기저기에 냉이가 납작 엎드려있다. 한낮에는 제법 온도가 오르다 보니 완연한 봄인 줄 알고 고개를 내밀었다가 식겁했던 모양새다. 흙의 온기로 버텨보려는지 흙에 붙어 떨어지지 않는다. 캐서 국을 끓여 먹을까 고민하다가 며칠 그냥 두기로 했다. 봄기운을 조금 더 머금으라고 어린 쑥도 그냥 둔다. 쑥과 냉이를 다시 만난 것만으로도 풍요로운 봄이다.

나는 봄에 가장 못생겨진다.

봄볕 아래에서 텃밭을 갈면 얼굴은 미리 만난 복숭아처럼 달아오르고 눈가에는 기미가 생긴다. 장갑을 끼고 밭을 갈아도 손톱 밑에 물드는 까만 때는 늘 지저분하다. 일 바지에 밀짚모자는 나를 예쁜 여자로 보이게 하지 않는다.

봄 향기가 아닌 구린 퇴비 냄새로 하루를 시작하는 곳에 성별은 없다. 가장 먼저 봄을 만나고 가장 깊이 봄을 만지는 운좋은 사람들이 있을 뿐이다. 나도 그중 한 사람이다.

목비를 기다리는 사이 마을 곳곳에 지독한 퇴비 냄새가 진동할 것이다. 우리가 먹고, 보고, 감동하는 봄의 만물이 고약한 계절을 버틴 결실이라 여긴다면, 퇴비가 뿜는 악취쯤이야 못생겨진 내 얼굴보다는 참을 만하다. 세상 아름다운 것들이 어디 향기롭기만 할까. 마냥 좋은 봄이다.

나의 변기는 흔들림이 없다

—

변기 커버를 갈아 끼웠다. 오래된 커버에서 쿠션감이 사라져 엉덩이가 아팠기 때문이다. 뚜껑에 귀여운 오리 한 마리가 그려진 제법 비싼 커버였다. 설명서를 꼼꼼히 읽어가면서 새 커버를 씌우고 나니 쾌변한 듯 상쾌해졌다. 그러나 곧 작은 문제가 생겼다.

변기에 엉덩이를 걸칠 때마다 변기 커버가 왼쪽으로 기우뚱했고 자연스럽게 내 몸은 오른쪽으로 힘을 주게 되었다. 바로 잡아야지, 매번 생각하면서도 들고 날 때 사람 마음 다르듯 일을 보고 나면 잊어버리고 돌아섰다.

이른 새벽에 복통을 느끼기 시작했다. 몸에 잠을 매달고 화장실로 달려갔다. 아무 생각 없이 변기에 앉았는데, 몸이 급하게 왼쪽으로 쏠리면서 잠이 확 달아났다. 오른쪽으로 상체를 비틀며 생각했다. 이 거사를 치르고 나면 내 반드시 비뚤어진 커버를 바로잡으리라. 그러나 쏟아지는 잠으로 인해 또 잊었고 그렇게 며칠이 흘렀다.

화장실 청소를 하다가 비뚤어진 변기를 발견하고는 작정하고 몸을 구겨 넣었다. 변기 아래쪽에 있는 커버 나사를 만지작거렸더니 왼쪽이 아주 헐거운 상태였다. 힘껏 나사를 조였다. 혹시나 해서 오른쪽 나사도 단단하게 조였다. 커버를 들고 이리저리 흔들어 보았더니 미동도 없다. 이게 끝인가? 이렇게 간단하고 쉬운 걸 여태 미룬 채 한쪽 몸에 힘을 주고 살았단 말이야? 뚜껑을 닫았더니 잔소리쟁이 엄마처럼 오리가 꽥꽥거리고 있었다.

이제 나의 변기는 흔들림이 없다. 푹신하고 단단하고 완벽하다. 균형을 잡기 위해 몸 어디에도 힘을 줄 필요가 없어졌다. 비뚤어진 걸 바로잡을 생각은 않고 비뚤어진 것에 몸을 맞추고 살았던 며칠 동안의 방치와 태만. 그간 내 집에 온 손님들도 덩달아 비뚤어진 변기 커버에 몸을 맞추었겠지. 내 집에서는 모든 사람이 비뚤어졌겠지.

자책을 담아 물을 내린다. 변기에 파란 물이 쏟아진다. 거품과 함께 지저분한 것들이 동그라미에서 사라진다. 동그란 엉덩이, 동그란 변기, 동그란 지구. 둥근 것들은 왜 그렇게 반듯하기 힘든 것일까. 변기 뚜껑을 닫는다. 오리가 얌전히 쳐다본다.

마음도 약육강식

—

산책하다가 뱀을 만났다. 입에는 개구리가 물려있었다. 뱀은 속도가 느껴지지 않을 만큼 천천히 개구리를 입안으로 밀어 넣었고 개구리는 마지막 용을 쓰며 다리를 파닥거렸다. 돌이라도 던져서 개구리를 구해야 하나, 잠시 고민하다가 그만두었다. 그 현장은 비록 인간의 눈에는 잔인하게 보일지라도 매우 자연스러운 것이므로 인위적인 관여는 않기로 했다.

산책로를 한 바퀴 돌고, 왔던 길로 되돌아가면서 뱀을 만났던 장소를 둘러보았다. 뱀의 입에 물렸던 개구리는 사라졌고 대신 뱀의 대가리 아래쪽이 볼썽사납게 튀어나와 있었다. 한 생명은 사라지고 살아남은 생명은 배가 부른 순간. 먹히거나 먹어야 하는 살벌한 생존의 현장. 한 생명이 다른 생명에게 먹히는 걸 보면서도 살리지 못한 자가 내밀었던 변명은 고작 자연의 법칙이었다. 약육강식. 변명하자면, 마음이 허물어져 번뇌로 넘쳤고 보이는 건 모두 흑백이었던 날들의 연속이었다.

개구리를 소화하려고 꿈틀대는 뱀을 뒤로하고 집으로 오는 길에 유난히 많은 존재가 눈에 들어왔다. 새. 저 새는 오늘 무엇을 먹었을까. 길고양이. 저 고양이는 위장이 텅 비어있을지도 몰라. 지렁이. 저 지렁이는 언제 먹힐까. 아까 운명한 개구리가 살아있다면 저 지렁이를 입에 넣었을지도 모른다. 누구나 '약'일 수도 있고 때론 '강'일 수도 있는 것이다. 그런 생각들이 꼬리를 물자 며칠 동안 끙끙댔던 근심에서 벗어날 수 있었다. 내가 평생 약자로 살지는 않을 거라는 위로와 격려가 고개를 내밀었다.

마음도 약육강식인가 보다. 근심이 커져 나를 지배하는 순간 일상의 사소한 행복은 돌연 자취를 감춘다. 어여쁜 것들이 만개한 모습도 보이지 않고 맛있는 음식도 먹고 싶지 않다. 반가운 전화도 반갑지 않고 건강한 신체에 감사할 줄도 모른다.

부정의 늪에 빠지기 전에 마음을 구해야 한다. 근심과 불안을 먹어 치울 만큼 강한 긍정의 기운을 풀어서 부정을 몰아낸다.

'괜찮아! 그만하면 잘했어! 잘하고 있으니까 더 잘될 거야!'

마음에도 근력이 붙는다는 걸 되뇌면서 오늘도 긍정을 푸시업 한다.

파도가 묻는 말

—

차를 몰아 근처 바닷가에 왔다. 한적한 백사장에 세 사람이 있다. 부부로 보이는 젊은 여자와 남자, 그리고 어린 여자아이. 보나마나 가족일 것이다. 여자의 배가 볼록한 것을 보니 셋이 아니라 넷이겠구나. 아이가 뛰기 시작한다. 남자가 뛰는 척 천천히 아이 뒤를 쫓는다. 그 장면을 바라보는 여자의 얼굴에 웃음꽃이 핀다. 배 속 아기도 까르륵 웃고 있을 것 같다. 눈부신 가을 햇살과 잔잔한 파도 소리가 네 사람을 감싼다.

이 아름다운 장면을 보며 나는 목이 멘다.

근처 커피 가게에서 아메리카노 한 잔을 포장 구매했다. 차로 돌아가는 사이 세 사람, 아니 네 사람이 주차장 쪽으로 올라

온다. 높은 계단 위로 작은 다리를 올린 채 안간힘을 쓰는 아이의 손을 남자가 잡아준다. 아이가 먼저 올라온 후 남자는 여자의 손을 당긴다. 아니, 두 사람을 한꺼번에 끌어올린다. 내 손에 들고 있는 커피만큼 뜨거울 남자의 손을 가만히 바라본다.

누구나 한때는 뜨거운 시절이 있었을 것이고 뜨거운 손으로 애정하는 이의 손을 붙잡기도 했을 것이다. 나도 그랬다. 절애였을까, 열정이었을까. 내 안에 그런 마음이 숨어있었다는 사실이 낯설고도 좋았다. 뜨거움이 상대를 데게 할 수 있다는 것을 하필 그땐 몰랐기에 눈치 없이 뜨겁기만 했던 청춘이었다. 어쩌면 우리는 뜨거운 게 능사가 아니라는 걸 알아가며 늙는지도 모르겠다. 온도를 조절할 줄 알게 되었을 무렵엔 후회와 아쉬움만이 남을 뿐, 미지근한 관계 속에서 미지근하게 살아갈 뿐.

주차장 건너편 벤치에 할아버지가 혼자 앉아있다. 몹시 추워 보인다. 하염없이 바다만 바라보던 할아버지 쪽으로 누군가 다가간다. 할아버지보다 훨씬 노쇠해 보이는 할머니가 옆에 앉는다. 보온병에서 보온병 뚜껑으로 무언가가 쏟아진다.

할머니는 뚜껑을 할아버지에게 전달한다. 말없이 받아든 할아버지가 뚜껑을 입에 댄다. 두 사람은 함께 바다를 바라본다.

이 아름다운 장면을 보며 나는 다시 목이 멘다.

어디에도 속하지 못한 사람들을 생각한다. 아무 데도 속하고 싶지 않았던 나를 생각한다. 자유롭게 살고 싶지만, 지독한 외로움은 피하고 싶은 양가감정을 떠올린다. 가끔은 청춘의 나처럼 다시 뜨거워지고 싶다가도 매번 실패했던 말로를 생각하면 고개가 저절로 설레설레 움직인다. 짧게 뜨거워지고 싶은지 길게 미지근해지고 싶은지 가을 파도가 묻는다.

어쩔 수 없는 일이란

—

작은 골목 입구에 마을 어른들이 서 있었다. 골목 안쪽을 주시하며 선 그들의 표정은 밝지 않았다. 사람들의 이목이 집중된 골목에서 모습을 드러낸 정체는 커다란 흑염소와 흑염소 주인아저씨였다. 아저씨는 흑염소 목에 걸린 목줄을 두 손으로 힘껏 끌어당겼고 흑염소는 저항하듯 뒷걸음질 쳤다. 팽팽하게 날 선 목줄이 아슬아슬해 보였지만, 아무래도 아저씨가 불리한 것 같았다.

마침 트럭 한 대가 도착했고 운전석에서 내린 남자는 화물칸을 연 뒤 허겁지겁 흑염소가 있는 쪽으로 달렸다. 성인 남자 둘이서 잡아끄는데도 힘에 부쳐 보였다. 기어이 트럭 앞에까지 흑염소를 끌고 갔지만, 문제는 화물칸 위로 올리는 일이었다. 제 발로 순순히 올라가지는 않을 터였다.

역시 그랬다. 네 다리를 땅에 밀착시킨 채 거칠게 제 목을 흔들던 흑염소는 하늘이 찢기도록 절규했다. 그것도 잠시. 두 사람이 화물 적재용 발판을 향해 울부짖는 녀석의 엉덩이를 힘껏 들이밀자, 녀석은 별수 없이 화물칸 위로 올려졌다. 그 과정을 두 번 거쳐 두 마리의 흑염소가 트럭 위에 서 있었다. 둘 다 화물처럼 밧줄에 꽁꽁 싸매졌다. 반항하던 모습은 간데없고 체념한 듯 커다란 눈만 끔뻑거리며.

팔려가는 거냐고 내가 물었더니, 그렇다고 이웃 아주머니가 대답했다. 수놈 두 마리만, 이라고 덧붙이기도 했다. 옆에 서 있던 다른 아주머니는 미간을 찌푸렸다.

"어디 가는지 아는 거야. 짐승도 아는 거지."

그렇게 말하면서도 어쩔 수 없는 일이라고 했다. 나는 트럭 위에 있는 흑염소 두 마리를 한참 쳐다보았다. 아는 눈빛이란 저런 것이구나. 체념이란 저런 눈빛이구나. 난생처음 보는 눈빛이었다. 두 생명을 실은 트럭이 언덕 아래로 내려갔다. 곱게 물든 낙엽들이 트럭의 속도로 공중에 흩날렸다.

골목에서부터 흑염소를 억지로 끌고 나왔던, 산으로 밭으로 데리고 다니며 애지중지 방목해서 키웠던 아저씨가 시멘트 바닥에 궁둥이를 붙이고 앉았다. 담배를 물고 있었던가. 그의 표정이 어땠는지는 모르겠다. 그저 그렇게 멍하니 앉아있었다.

아마도 그 역시 아는 눈빛이었겠지. 어쩔 수 없는 일이라고 생각하며 보내는 자의 눈빛이었겠지.

아저씨 머리 위에도 낙엽이 내려앉았다. 봄이 아니어서 다행이라는 생각이 문득 들었다. 꽃이 아니라 낙엽이라서 어쩌면 다행이지 않을까, 하는 생각이.

아빠의 좋은 점

"은정아, 넌 우리 아빠 좋은 점이 뭔지 알아?"

언젠가 언니가 물었다. 나는 언니가 아빠를 싫어하는 줄로만 알고 있었는데 아빠의 좋은 점을 말하려고 하다니 놀랍고 의아했다.

"아빠한테 좋은 점이 있어?"

그렇게 묻는 내게 언니는 말했다.

"당연하지. 사람은 누구에게나 장단점이 있는 법이니까. 우리 아빠의 좋은 점은 말이야. 어떤 사람의 빈자리에서 그 사람 흉을 보지 않는다는 거야. 아주 훌륭하고 좋은 점이지."

가만 생각해보았다. 그런 것도 같았다. 나보다 아빠를 더 오래 겪은 언니니까 아마 맞는 말이었을 것이다. 우리 앞에서만 그랬는지는 모르겠지만, 어쨌든 아빠는 험담을 잘 하지 않는 사람이었다. 같이 있는 사람들이 그 자리에 없는 사람을 놓고 험담을 해도 동요하지 않았고 동참하지 않았다. 그렇다고 샌님처럼 그만하라고 말리지도 않았다. 세 딸이 둘러앉아 특정인을 헐뜯어도 가만가만 듣고만 있는 사람이었다.

나는 아빠의 좋은 점을 알게 된 것보다 그런 생각을 하고 있었던 언니가 더 신기했다. 아빠의 좋은 점을 찾아내서 그걸 동생에게 알려줄 만큼 아빠와 사이좋은 부녀는 아니었다. 오히려 싫어하고 원망하고만 살아도 이해할 만한 딸이었다.

그날 언니에게 들었던 말을 평생 잊지 못할지도 모르겠다고 생각했는데, 역시 나는 생생하게 기억하고 있다. 언니가 알려준 아빠의 좋은 점과 함께 아빠의 좋은 점을 알려준 언니의 심성까지 냄비 바닥에 눌어붙은 누룽지처럼 내 가슴에 눌러앉았다.

언니의 영향인지 아빠의 영향인지는 모르겠지만 나는 습관처럼 험담을 즐기는 사람들을 싫어하게 되었다. 험담에 드러난 결점이 사실일지라도, 그것을 증명하는 일에 동참하지 않으려고 한다. 그리고 이건 명백히 언니가 준 영향일 텐데, 언젠가부터 내가 싫어하는 사람에게서도 좋은 점을 발견하려고 노력하게 되었다. 언니의 말처럼 누구에게나 장점과 단점이 모두 있는 법이니까 이왕이면 좋은 점을 찾으면 좋겠다. 보는 눈이 선하면 좋은 점만 보게 되고 말하는 입이 노글노글하면 예쁜 말만 하게 될 테니 평생 노력할 일인 듯하다.

아빠의 좋은 점을 발견해서 알려준 나의 언니. 어쩌면 별것 아닐지도 모를 그 사소한 장면이 오랜 세월 내 삶에 영향을 미치고 있다. 세상을 빨리 떠날 줄 알고 동생에게 미리 남긴 유산이 아니었을까 생각한다.

장어의 힘이 필요하다

바야흐로 보양식이 필요한 계절이 왔다. 나날이 볕이 뜨거워지기 시작하면 으레 보양식을 찾기 마련인데, 내가 가장 좋아하는 것은 장어구이다. 내가 어릴 적에 엄마는 장어구이 장사를 했다. 불볕더위가 다가오면 가게는 사람들로 넘쳐났다. 숯불 앞에서 땀을 뻘뻘 흘리면서도 사람들은 열심히 장어를 먹었다. 무더위에도 지치지 않고 밥벌이를 하기 위해서 노동하는 사람들의 여름밤은 숯불에 구운 장어 냄새로 가득했다.

그런 가정환경 때문에 나도 자연스럽게 장어구이를 많이 먹고 자랐다. 이따금 학교에서 도시락 반찬 통을 열면 양념 된 장어가 들어앉아 있을 때도 있었는데, 친구들을 비롯하여 선생님들까지 귀한 장어 반찬을 맛보고 싶어 했다. 반면에 나는 햄이나 소시지가 아닌 장어 반찬이 그렇게 부끄러웠으니, 뭘 몰라도 한참 몰랐던 시절이었다.

몇 해 전까지만 해도 나의 취미는 낚시였다. 여름이 다가오면 나는 장어를 낚으러 부둣가로 향했다. 지렁이를 미끼로 엮어 원투 낚싯대를 던지면 금세 입질이 왔다. 열심히 릴을 감으며 끌어당겨 보지만 녀석들의 힘에 몸이 휘청거리기는 예사였다. 힘들게 낚아 올린 장어를 부둣가 바닥에 내려놓고 아가리에서 낚싯바늘을 빼내려고 하면 녀석들은 내 팔을 친친 휘감고 힘을 꽉 주었다.

그 힘이 나를 버티게 해준 것이라 믿었던가 보다. 어릴 적부터 질리도록 먹고 자란 장어를 내 손으로 잡아서 먹게 될 줄은 몰랐으니 말이다. 내 몸 안에 누적되어 피가 되고 살이 되었을 장어의 힘으로 삶을 버텼을 수도 있겠다는 생각이 들었다. 젊을 때 잘 먹어야 늙어서 고생하지 않는다는 말을 조금씩 실감하는 나이가 되고 보니 장어가 그렇게 고마울 수가 없었다.

나는 이제 장어를 낚지 않는다. 성격상 참 잘 맞는 취미 생활이었지만 엄마가 그만두기를 원했다. 살아있는 것들을 잡지 말라고, 밤에 혼자 낚시하지 말라고, 온갖 걱정투성이였던 엄마 말을 듣기로 했다. 이제는 장어를 자급자족할 수도 없고, 그렇다고 돈을 내고 사 먹기란 내 형편에 무리다. 고기를 그다지 좋아하지 않아서 삼계탕도 먹지 않고 또 다른 보양식인 전복은 장어보다 비싸니 언감생심. 그러니 걱정이다. 점점 더워지기 시작하는데 올여름은 무슨 힘으로 버티나. 어쩌면 이 모든 것이 나이 들고 있다는 증거일 수도 있겠으나 그러한들, 아니 그렇다면 더더욱 장어의 힘이 필요하다.

올여름, 어디 시원한 바닷가에서 팔팔한 장어구이 사줄 사람 없나 물색해보아야겠다. 땀 흘리며 숯불에 굽는 일은 얻어 먹는 내가 할 테니 돈만 내시라고, 장어의 힘으로 함께 이 여름이 이겨내자고.

본능적으로 뻗은 손

이십오만 킬로미터를 주행한 중형차를 폐차장으로 보낸 후 경차를 샀다. 경차 운전석에 처음 탔을 때, 마치 놀이동산에 있는 범퍼카에 앉은 기분이었다. 의자며 핸들, 룸미러, 와이퍼까지 모든 게 앙증맞은 장난감 같이 느껴졌다. 이 차를 몰고 고속도로를 달려도 될까. 설마 목숨 걸고 타야 하는 건가. 조금 큰 차를 살 걸 그랬나. 덧없는 상념이 꼬리를 물고 이어졌다.

환경과 상황에 따라 사람 마음은 어찌 그리도 쉽게 변하는지, 경차를 몇 년 타다 보니 이만큼 가성비 좋은 차도 없다고 만족하게 되었다. 차에 들어가는 모든 제반 비용이 절반으로 줄었다. 좁은 골목길에서도 새침하게 잘 빠져나갔고 주차할 때는 여유만만했다. 혼자 타는 차인데 더 크면 사치라는 생각마저 들면서 나의 작은 차를 사랑하게 되었다.

그날은 조수석에 엄마를 태우고 어디론가 달리고 있었다. 앞차가 급브레이크를 밟는 바람에 나도 급정지를 해야 하는 순간이 닥쳤다. 나는 브레이크를 밟으며 엄마의 가슴팍을 향해 오른손을 쭉 뻗었다. 삽시에 본능적으로 뻗은 손이었다. 상체가 앞으로 쏠린 엄마는 내 팔을 보고 어리둥절했고 나는 조금 민망한 표정으로 손을 거두었다. 차가 작아서 위험하다는 걸 계속 인식하고 있었던 듯싶어서 씁쓸함이 밀려왔다.

"나 좀 멋지지? 든든하지?"

분위기를 전환하려고 꺼낸 실없는 말에 엄마가 말했다.

"그런 건 남자가 해야 멋지지."

나는 목소리를 높였다.

"고리타분해! 여자라도 누군가를 보호하려는 본능은 멋진 거라고!"

그러자 엄마가 아주 현실적인 말씀을 남기셨다.

"그냥 돈 많이 벌어서 좋은 차를 사."

대화는 엄마의 승으로 싱겁게 끝났지만, 나는 내가 누군가를 보호하려고 했다는 사실이 뿌듯했고 엄마도 딸에게 보호받아서 행복한 표정이었다.

노파심에 덧붙여야겠다. 성별이 다른 타인에게 그런 행동을 하면 오해받을 수도 있다. 내가 해보니 뻗은 팔의 위치가 수상하기 때문이다. 남녀 사이에는 아무쪼록 신중하시라.

외출은 두렵고 사랑은 우습고

나는 외출할 때 많은 준비를 하고 나간다. 몸을 치장하는 것이 아니라 돌아오지 못할 경우를 대비하는 것이다. 혼자 살면서부터 습관이 되었다. 이번 외출에서 돌아오지 못할지도 모른다는 생각에 매번 집을 꼼꼼히 점검한다. 내가 돌아오지 못했을 때 누군가 내 집에 와서 둘러보게 될 장면들을 내 눈으로 먼저 보는 것이다.

누군가는 가슴 아파할 노트들을 옮겨놓고, 부패할지도 모를 쓰레기를 정리하고, 무엇보다 혼자 남을 반려견을 살뜰하게 챙긴다. 물을 많이 떠 놓고 비상시 먹을 간식도 주고 개집 안에 이불을 잘 깔아주고 난 후 눈을 보며 말한다.

"다녀올게."

대문을 닫기 전 다시 한번 말한다.

"빨리 돌아올게."

그래서 나는 외출이 싫다. 돌아오겠다던 사람들이 돌아오지 않았을 때의 심정을 내가 알기 때문에. 돌아오겠다고 약속해 놓고 마지막이 될지도 모르는 게 인생이므로. 대부분의 자책과 거의 모든 후회는 누군가 돌아오지 않은 후에 발생했기에.

혼자 사는 삶은 지극히 자유롭지만 예상치 못할 일을 예상하며 살아야 하는 수고도 있다. 내 직업, 내 신체, 내 죽음을 항상 더듬어가며 살아야 한다. 끊임없이 성장하고 발전해야 한다는 강박도 있다. 생명보험 따위는 필요 없지만 실비보험은 꼼꼼히 넣어야 한다. 외로워 보이지 않기 위해 고독과 친구 하는 법도 익힌다. 고독사의 반대말이 뭔지는 모르겠지만, 불쌍해 보이지 않을 만한 죽음까지 그려보기도 한다. 고독하지 않은 죽음이 어디 있다고.

나는 외출에서 돌아오면 참 행복하다. 아무런 사고 없이 집으로 돌아온 것이 감사하고 나의 부재를 티 내지 않고 온전히 기다려준 낡은 집과 늙은 반려견에게 감사하다. 나 같은 경우는 누군가와 함께 살 때보다 혼자 살 때 감사한 일이 훨씬 많이 생겼다. 대체로 모든 순간이 감사했다.

몸과 마음의 자유는 무엇보다 사람을 착하게 만드는 것 같다. 아무래도 스트레스가 적고 대체로 일상이 평온하여서 그럴 것이다. 찌푸리던 얼굴도 착해지고 사나웠던 마음도 착해지고 늘 불만이었던 삶도 착해졌는데, 조금 더 착해지고 싶다. 나는 여전히 외출이 두렵고 사랑은 우습고 자기애(自己愛)에 목마른 여자다.

경찰서에서 진술하던 날

나는 어릴 때부터 경찰서에 드나들던 아이다. 당시 연립주택 일 층이었던 우리 집 베란다에서 끔찍한 장면을 목격했다. 주말이라 동생과 텔레비전을 보고 있었다. 갑자기 유리창이 흔들릴 만큼 '쿵' 하는 소리가 나서 베란다로 갔더니 어떤 아저씨가 쓰러져 있었다. 놀란 나는 한참 쳐다보았다. 다가가 보니 아저씨 머리가 피범벅이 되어 있었고 물컹거리는 무언가가 머리에서 스멀스멀 기어 나오는 것 같았다.

나는 옆집에서 고스톱을 치고 있던 엄마에게 갔다.

"엄마! 우리 집 베란다에서 사람이 죽은 것 같은데?"

고스톱에 열중하던 엄마는 "응." 했다. 응…?

"엄마, 돈을 따고 있다면 미안한데 지금 우리 집에 시체가 있거든?"

옆에 있던 아주머니가 심각한 표정을 지으며 엄마 옆구리를 콕 찔렀고 엄마는 후다닥 집으로 달려갔다. 현장을 본 엄마는 비명을 질렀다. 곧이어 이미 목격한 내 눈을 가리면서 시체를 못 보게 했다. 구급차와 경찰차가 왔다.

나는 최초 목격자로 경찰서에 가게 되었다. 물론 보호자인 아빠가 동행했다. 사실 나는 아무 말도 하고 싶지 않았다. 경찰 아저씨는 내가 겁먹은 줄 알고 계속 먹을 것을 주면서 회유했다. 아빠도 어린 나를 걱정하면서 그냥 본 대로만 말하면 된다고 했다. 나는 그 상황을 다 인지할 만큼 명석한 아이였다. 지은 죄도 없이 단지 경찰서라 겁먹을 내가 아니었다. 나는 솔직하게, 그러나 나보다 더 긴장하는 어른들을 위해 스토리텔러처럼 말했다.

"동생이랑 텔레비전을 보고 있었어요. 그런데 쿵 하면서 유리창이 흔들리는 거예요. 전쟁이 난 줄 알았다니까요."

"갑자기 쿵 했다고?"

"네. 그 전엔 아무런 소리도 못 들었어요. 텔레비전을 보고 있는 아이들은 아무것도 듣지 못 해요."

"그래서? 나갔어?"

"아니요. 바로 나가진 않았어요. 왜냐면 어디로 가봐야 할지 알 수 없었으니까요."

"그런데 왜 베란다로 갔어?"

"우리 집에서 바깥으로 통하는 가장 빠른 길이거든요."

"나가니까 아저씨가 죽어 있었어?"

나는 여기서 조금 뜸을 들이며 스토리텔러답게 굴었다.

"처음엔 죽은 줄 몰랐어요. 죽은 모습이 어떤 건지 실제로 본 적이 없으니까요. 그런데 가만히 서서 아저씨를 쳐다보니까 박살이 난 머리에서 뭔가가 기어 나오고 있었어요."

그때 아빠가 끼어들었다. 쓸데없는 소리는 하지 말라고. 그렇지만 경찰 아저씨는 몹시 놀라고도 궁금한 표정으로 내 이야기를 경청해주었다.

"뭐가… 기어 나왔다고?"

"네. 그게 뭔지 모르겠는데 아무튼 꿈틀꿈틀 머리에서 탈출하고 있었어요."

여기까지 말했을 때 경찰 아저씨는 오만상을 쓰며 나를 쳐다보았고 멀리서 내 얘기를 엿듣던 다른 경찰 아저씨가 그렇게 자세히 말할 필요는 없다고 했다.

"걱정 마세요. 어차피 여기까지예요. 그리곤 엄마를 불렀으니까요."

나는 그렇게 이야기를 종결하고는 천연덕스럽게 우유와 과자를 먹었다. 집으로 돌아오는 길에 아빠가 물었다. 무섭지 않았냐고. 나는 고개를 저었다. 초등학생이었던 나는 그게 무서운 건지 몰랐다. 사람이 죽는다는 것이, 죽음을 목격했다는 것이 무서운 일이라는 것을 몰랐다. 죽음에 대해서 생각해볼 필요가 없는 나이였고 한 번도 겪어보지 못한 일이었다. 삶은 결국 아는 만큼 두려운 것인가 보다. 어른이 되어서야 알게 되었지만, 어른이 된다는 것은 두려워할 상황이 많아지는 과정이기도 했다.

그 뒤로도 몇 번 경찰서에 갔다. 어째서 내 눈엔 사건사고가 많이 보였는지 모르겠다. 세상에 쓸데없이 호기심이 많았고, 사람들에게 관심을 가졌기 때문이라 생각한다. 물론 자주 드나들어 좋은 곳은 아니다. 오래간만에 이 기억을 더듬으며 조금 반성하게 되었다. 나이가 들수록 얄팍하게 눈을 감고 나만 보며 살고 있는 건 아닐까 싶어서. 그래서 지금은 진술할 일들이 벌어지지 않는 걸까 싶어서.

그 집엔 사람이 살고 있다

삭막했던 그 집 담벼락에 꽃이 피었다. 바탕을 하늘색으로 칠하고 곳곳에 빨간 장미꽃을 그려놓아 화사한 집이 되었다. 길가에서 보면 반지하인 그 집은 볼 때마다 창문이 굳게 닫혀 있었다. 하필이면 창문 세 개가 모두 길가로 나 있기 때문일 것이다. 그렇다고 항상 창문을 닫고만 살 수는 없을 터, 간혹 창이 열려있을 때는 커튼으로 타인의 시선을 차단하고 있었다. 밤에도 좀처럼 불이 켜지지 않는 그 집은 깜박이는 텔레비전 불빛만이 사람이 살고 있다는 사실을 알려주곤 했다.

사람들은 그 집 창문 앞에 주차를 자주 했다. 심지어 커브 길인데도 무람없이 그곳에 차를 세워서 운전하는 사람들을 불편하게 했다. 그 집에 사는 사람들은 말할 것도 없을 것이다. 가뜩이나 반지하라 창문도 못 열고 사는데, 창문 바로 앞에서 매일 들리는 엔진 소리에 얼마나 울화가 치밀까. 주차된 차를 볼 때마다 내가 다 미안할 정도였다.

어느 날, 그 집 창문 앞 길바닥에는 글자가 생겼다. '주차 금지'. 하얀색 래커 스프레이로 삐뚤빼뚤 쓰인 네 글자에서 그 집에 사는 사람들의 화가 그대로 드러났다. 그렇게 바닥에 경고 문구를 써 놓았지만, 주차는 계속되었고 급기야 금속으로 만든 주차 금지 봉이 매립되었다. 비로소 그 집 창문 앞에는 어떤 차도 주차하지 못하겠구나 싶었다. 실제로 한동안 주차된 차가 없기는 했다. 차 대신 오토바이 여러 대가 그 자리를 차지했다. 주차 금지 봉과 봉 사이가 마치 오토바이 주차 구역이라도 되는 듯 나란히 섰다. 도대체 이 오토바이들은 그동안 어디 있었단 말인가.

나도 비슷한 집에 살았던 적이 있었다. 현관문을 열면 밖이 훤히 보여서 밤낮없이 불을 켜기가 곤란했다. 그 집에 살면서 나는 시력이 나빠졌고 신경과민증도 생겼다. 여름에는 현관문을 열어두지 않으면 집 안이 금세 찜통이 되었기 때문에 불을 끄고 현관문을 열어놓곤 했다. 의도하지 않더라도, 사람들의 시선은 열려있는 현관 쪽으로 향했다. 어쩌다 눈이 마주치면 서로 민망해하며 고개를 떨구었다. 나를 보호하기 위해서는 보는 곳은 밝고 보이는 곳은 어두워야 했다. 지금은 어느 집보다 밝은 곳에 살고 있지만, 여전히 밤에 불을 켜지 않는다. 책상 앞에 작은 조명이 집 안을 밝혀주는 전부다. 시나브로 체화된 것들은 환경이 변해도 그대로 남아있나 보다. 나는 밝은 곳에 있는 것이 부담스럽고 그런 내가 사는 집은 오늘도 어둠침침하다.

가끔 그 집 창문에 텔레비전 화면이 깜빡깜빡 비치면 이상하게 안도가 밀려온다. 그 집에 사람이 살고 있다는 걸 그렇게 확인하고 나면 사람이 사는 집 앞에 늘어선 오토바이들을 노려본다. 하긴, 차나 오토바이가 무슨 잘못이 있을까. 그들도 민망하고 미안해서 꼼짝하지 않고 있는 건지도 모르는데.

건강을 위한 수고로움

연근에 묻은 진흙을 씻어냈다. 껍질을 벗기고 먹기 좋은 크기로 잘라서 식초 탄 물에 담가놓았다. 특유의 떫은맛을 없애고 갈변을 막기 위해서다. 그사이 다시마 물과 간장, 물엿 등을 섞어서 양념장을 만들었다. 생각해보니 처음으로 만드는 연근 반찬이다. 귀찮거나 먹기 싫어서 일부러 피한 것은 아니지만 이상하게 연근에는 손이 가지 않았다. 어린 시절에는 더욱 그랬다. 나는 입맛이 까다로운 아이였다.

점심시간만 기다렸다가 한껏 기대에 부풀어 도시락 뚜껑을 열면 반찬 통에는 김치와 멸치, 연근 조림 따위가 전부였다. 어린 나는 실망하기 일쑤였고 항상 다른 친구들 반찬 통을 힐끗거렸다. 그땐 다들 형편이 고만고만했기 때문에 밥이라도 싸 오면 다행이었다. 빈 도시락을 내밀면서 엄마한테 투정 부리면 다음 날 반찬으로 계란말이 정도는 먹을 수 있었다. 어른이 된 지금도 별반 다르지 않다. 건강보다는 당장 입이 즐거운 음식에 먼저 손이 가는 것은 어쩔 수 없나 보다.

새하얀 연근을 프라이팬에 담아서 양념장과 함께 볶는다. 연근에 색이 배기 시작하더니 어느새 납작하게 오므라들었다. 더러는 타서 딱딱해지기도 했다. 꽃을 대하듯 불 조절을 세심히 해야 한다는 것을 잊고 있었다. 햄이나 소시지를 굽는 것에 비교하면 수고가 많이 가는 음식인 것을 몰랐다. 볶다 말고 연근 하나를 입에 넣었다. 달짝지근한 맛이 입안에 맴돈다.

도시락 반찬으로 연근 조림을 발견하면 이것이 연꽃의 뿌리인가 줄기인가를 두고 친구들과 옥신각신했던 기억이 난다. 예부터 연꽃은 장점만 있고 단점은 없는 꽃이라 했는데, 연밥이나 연근을 먹으면 자손을 많이 낳는다고 하여 결혼한 여성들에게 권했다고 한다. 아마도 종자가 많이 달리는 모습을 보고 그렇게 믿었을지도 모르겠다.

뿌리면 어떻고 줄기면 어떠하랴. 한 몸에서 같은 기를 받고 자란 것들이 아니던가. 묵묵히 하루를 여닫으며 화려하진 않으나 초라하지도 않게, 가만히 있어도 맑은 향을 뿜는 연꽃 같은 사람이 되고 싶다. 연근 조림을 많이 먹으면 좀 비슷해질까? 면역력이 필수인 요즘, 건강을 위한 이깟 수고로움쯤이야.

까다롭고 힘든 일

—

살아있는 건 선물 받지도 주지도 않는 게 철칙이었다. 그 말을 분명히 했는데도 누군가 화분 두 개를 선물했다. 내 삶이 건조해 보였던 모양이다. 책상 위에 올려놓으면 글 쓸 때 머리가 맑아질 거라고 말했다. 그 마음이 예뻐서 거절할 수 없었다. 본의 아니게 작은 화분 두 개와 동거를 시작했다.

화분을 선물 받은 첫날부터 적잖이 신경 쓰였다. 어디에 두어야 하는지, 내가 물을 제때 줄 수는 있을지 여러 가지가 걱정이었다. 첫사랑이 선물했던 강아지가 15년 살다가 죽었을 때 살아있는 건 함부로 받는 게 아니라고 생각하게 되었다. 화분이나 꽃을 선물 받아봐야 오래 살지 못했다. 얼마간이든 함께 살아있던 공간에서 죽어 나가는 걸 지켜보는 건 힘든 일이었다. 그래도 이미 받아온 걸 어쩌나. 키워야지. 내가 가장 많은 시간을 보내는 책상 위에 두었다. 관심을 많이 주기 위해서였다. 정말 자주 물을 주었고 예뻐해줬다.

얼마나 지났을까. 화분이 둘 다 이상했다. 초록이었던 이파리가 반 이상 하얗게 변해서 쪼그라져 있었다. 나는 부지런히 물을 주었고 식물 영양제도 투여했다. 간접 햇빛을 보게끔 창가에 두기도 했다. 내 관심과 노력을 무색하게 만들며 죽어가는 식물을 보는 내내 속이 상했다. 살아있는 걸 키울 마음의 여유가 없다고, 살아있는 건 받고 싶지 않다고 그렇게 말했거늘 굳이 이런 자책감을 느끼게 하다니.

여기에는 반전이 있었다. 알고 보니 내 사랑이 부족해서 죽은 게 아니었다. 물을 너무 많이 주어서 죽은 거라고 화분을 선물한 이가 말했다. 내가 신경 쓸까 봐 물을 자주 먹지 않아도 잘 자라는 녀석으로 선물한 거라고 했다. 화분 하나는 햇빛에 노출되면 안 좋다는 말도 뒤늦게 들었다. 이럴 수가. 예전에는 물을 안 줘서 말라 죽었는데. 물을 안 줘도 말라 죽고 물을 자주 줘도 죽고. 따듯한 햇살 아래에 둬도 죽고 해를 아예 못 봐도 죽고. 이래도 죽고 저래도 죽고. 살아남는다는 건 정말 까다롭고 힘든 일인 것 같다.

사람이든 동물이든 식물이든 삶의 요소는 지극히 개인적인 영역이라는 사실을 확인하는 계기가 되었다. 생명을 가진 존재의 수만큼 다른 삶과 다른 취향이 있기 마련인데, 그걸 알아가는 것이 관심이고 사랑일 텐데, 나는 아무것도 알려고 하지 않았다. 제발 물 좀 그만 달라고, 그늘진 곳으로 옮겨 달라고 아우성쳤을 목소리가 들리는 것 같다. 이래서 이기적인 사랑은 늘 비극으로 끝나는가 보다.

반려견과의 약속

내게 알레르기가 있다는 것을 십 년 전에 처음 알게 되었다. 반려견을 입양한 지 한 달도 채 되지 않은 때였다. 몸이 계속 가렵더니 급기야 붉은 반점이 생기기 시작했다. 머리부터 발바닥까지 온몸에 번지고 있었다. 피부과에서 알레르기라는 진단을 받았다. 진단 키트 검사 중에 가장 심하게 반응하는 것은 동물 털이라고 했다. 이 정도면 자칫 호흡 곤란도 겪을 수 있다고 겁을 주었다. 그날 받은 처방전에는 연고와 알약을 포함해서 절대 반려동물을 키우지 말라는 충고도 함께 들어있었다.

그 사실을 알게 된 사람들은 앞다투어 조언했다. 개를 입양한 지 얼마 안 되었으니 돌려보내라느니, 다른 사람한테 재입

양 시키라느니, 하나같이 개를 버리라는 말을 에둘러 했다. 나는 그들 마음을 이해하면서도 한편으로는 야속했다. 알레르기가 있는 줄 모르고 입양한 건 내 잘못인데, 책임을 반려견한테 물을 수는 없었다. 나는 매일 열심히 약을 먹었고 약을 먹기 위해 밥을 먹었고 부지런히 연고를 발랐다.

증세는 점점 약해졌고 약 복용 없이 연고만 발라도 효과가 났다. 마지막으로 병원에 갔을 때, 재검사를 했다. 의사는 놀라워하며 말했다.

"면역력이 생긴 것 같네요. 알레르기는 면역계 과민증이니 면역력이 생겼다면 그보다 좋은 치료는 없습니다. 개가 큰일 했네요."

지금은 미세한 증세조차 보이지 않은 지 오래되었다. 만약 그때 반려견을 버렸다면, 지금 두 가지로 고통받고 있을 것이다. 하나는 심각한 알레르기, 다른 하나는 죄책감. 나는 버리지 않겠다는 약속을 지켰고 반려견은 내게 면역력을 주었다.

인간과 동물 사이에서 신뢰를 깨트리는 건 언제나 인간이다. 인간은 버리는 데 익숙하다. 쓸모없거나, 싫어졌거나, 귀찮으면 죄책감 없이 잘도 버린다. 반면에 동물들은 지키는 것만 알지 버리는 건 모른다. 그들에겐 평생 지켜야 할 약속밖에 없어 보인다. 내가 살면서 가장 잘한 일 중 하나가 어떤 상황에서도 반려견을 버리지 않은 것이다. 우리는 십 년 동안 동고동락하고 있다.

쓰레기 버리러 가는 길

나는 산 좋고 물 좋고 사람 좋은 동네에 산다. 비록 집은 남루하나 살 만한 가치가 넘치는 동네다. 그럼에도 딱 한 가지 불편한 점을 꼽자면 쓰레기 버리는 일이다. 분리수거를 해서 차 트렁크에 싣고 마을 아래까지 가야 한다. 쓰레기와 함께 언덕길을 내려가면 낯익은 사람들을 만난다. 늘 같은 시간에 산책하는 사람들이다. 그들은 나를 몰라도 나는 그들을 안다. 당신이 언제, 누구와 함께, 어떤 코스를 산책하는지를.

저 멀리서 한동안 보이지 않던 할아버지가 내 차를 비켜 길가로 발걸음을 옮긴다. 걸음걸이에 예전보다 힘이 들어갔다.

처음 할아버지를 보았을 때, 오른쪽에는 중년의 여자가 그의 몸을 부축하고 있었고 왼쪽에는 위태로운 지팡이가 그의 몸을 지탱하고 있었다. 한 걸음 떼는 것도 힘겨워 보였던 할아버지는 이제 지팡이 없이 혼자 산책할 정도로 건강을 회복한 모양이었다. 반갑고 기쁜 마음에 중얼거렸다. 다행이야.

한겨울에도 밤마다 반바지를 입고 달리던 작은 체구의 청년은 여전히 반바지를 입고 밤을 밟는다. 그는 분명 자신과 싸움을 하고 있을 것이다. 앙상하게 마른 그의 다리에 단단한 근육이 붙어서 인생도 아스팔트 도로도 끝없이 달릴 수 있기를 응원한다. 파이팅.

걷다가 멈추기를 반복하는 사람은 십중팔구 반려견을 데리고 산책하는 사람이다. 팔짱을 끼고 봄밤을 만끽하는 연인들의 심장은 보름달만큼 팽창했을까? 정다운 모녀는 길 위에서 서로의 삶을 더 이해할 수 있을 것 같다. 우리 동네에는 꽃보다 아름다운 사람들이 밤마다 피어난다. 계절을 완성하는 건 사람이 아닐까 싶다.

트렁크에서 쓰레기를 꺼낼 때마다 내 미간 사이에 끼어있던 찌꺼기가 후두두 떨어진다. 저들처럼 능동적으로 피지 못하고 가만하게 살다 보니 모든 주름에 먼지가 쌓였다. 근심 한 줌, 욕심 한 사발도 마저 던져버린다. 차에 실린 쓰레기를 몽땅 비우고 나면 차만 가벼워지는 게 아니었다.

아름다운 봄밤, 나는 쓰레기 버리러 가는 길이다.

상냥하게 거절하는 사람

—

소와 사자가 사랑에 빠졌다. 둘은 상대를 너무 사랑해서 자신이 가장 좋아하는 것을 선물했다. 소는 사자에게 풀을 뜯어주었고 사자는 소에게 고기를 가져다주었다. 소는 고기가 싫었고 사자는 풀이 싫었지만, 서로 꾹 참으며 사랑을 이어갔다. 그러던 어느 날 소와 사자는 이별을 하게 되었다. 합의된 이별 앞에서 소가 말했다.

"나는 최선을 다했어!"

곧이어 사자가 말했다.

"나야말로 최선을 다했어!"

개인 간의 관계에서든, 사회적 관계에서든 배려가 많이 필요한 것 같다. 원하지 않는 배려는 안 하느니만 못한 것이 되고 일방적인 배려가 누군가에겐 짐이나 폭력이 될 수도 있다는 사실을 지나고 나서야 안다. 상대방의 관심사와 취향을 눈여겨보고 그 사람의 언어를 독해하려는 노력. 그런 깊은 고민과 배려가 있어야 아름다운 관계를 지속할 수 있지 않을까.

그러고 보면 나도 소나 사자처럼 살았던 것 같다. 내가 주는 것들은 모두 진정한 배려나 사랑이라 생각했고 그러므로 상대는 행복할 것이라 여겼다. 마찬가지로 나도 불필요한 배려를 받아서 힘들기도 했다. 받기도 거절하기도 힘든 불편한 배려들. 소심한 나는 거절하는 법을 몰랐다. 아무리 일방적인 배려라 하더라도 거절하는 건 더 불편했으니 받을 수밖에 없었다.

요즘은 내가 어떤 마음을 전하고 싶을 때 상대방에게 거절하셔도 된다고 미리 말한다. 거절할 기회를 주는 것이다. 이따금 나 자신에게 하는 말이기도 하다. 내 성격에 누군가의 호의나 부탁을 거절하는 것은 아직도 힘들다. 혹시 상대가 기분 나쁠까, 상처받지는 않을까 여러 가지를 염려하곤 한다. 그러나 정중한 거절도 필요하다는 걸 느낀다. 상대방이 같은 실수를 반복하지 않도록 돕는 것도 중요할 것 같다.

나는 요즘 상냥하게 거절하는 법을 익히는 중이다. 인간에게는 소나 사자에겐 없는 언어라는 훌륭한 도구가 있으니 얼마나 다행인지 모르겠다. 기분 나쁘지 않게, 그러나 똑 부러지게 거절하는 사람이 되고 싶다.

사랑에 빠지는 멍청이들

물 없이 가루약을 먹으면 입안이 엉망이 된다. 항생제가 포함된 감기약 같은 경우에는 입안에 온통 쓴맛이 돈다. 아무리 삼켜보아도 깔끔하게 넘어가지 않고, 시간이 지나도 쓴맛이 고스란히 입안에서 맴돈다. 뒤늦게 물을 마셔보아도 입에 밴 쓴맛은 쉽게 사라지지 않는다. 아픈 사람에게 꼭 어울리는 약 냄새가 온몸을 뱅뱅 감싼다. 아픈 사람은 아픈 사람 같아야지. 티도 내고 위로도 받고 싶다. 그래서 참을 만하다. 약을 먹었으니 감기가 나을 거라는 희망도 함께 한다.

사랑. 그건 물 없이 먹는 가루약 같은 것이었다.

이미 사랑이 시작됐을 때부터 아픈 거였는데, 그 순간에 이미 가루약을 털어 넣은 거였는데, 아픈 사람이 아픈 사람 같지 않으니 아픔이 시작된 걸 모르는 거다. 사랑에 빠지면 이미 쓴맛 따위는 망각되어 버린다. 분명 쓴데, 달콤한 맛이 더 강하기 때문에, 세상에서 가장 강력한 마약을 먼저 먹었으므로.

이별을 하고서야 비로소 그동안 쌓였던 쓴맛이 뇌를 강타해 버린다. 물도 마시고, 술도 마시고, 눈물도 마시고. 아무리 마시고 마셔도 가시지 않는 쓴맛을 그제야 느낀다. 더 강력한 마약이 필요하다. 그래서 또다시 사랑에 빠진다.

아, 멍청이들.

나도 멍청이였다. 제대로 멍청이였다. 끊임없이 연애를 했고 덩달아 이별도 끊임없었다. 실연의 상처로 사흘 밤낮을 울면서도 새로운 사랑이 찾아오길 기다렸다. 더 멋진 사랑까진 모르겠고 그저 사랑이 계속되길 바랐다. 사람은 사람으로 잊는다는 말이 떠올라서 변명으로 써먹기도 했다. 나는 실연에서 벗어나고 싶었던 게 아니라 누가 곁에 있길 바랐던 것이다. 그땐 그걸 몰랐다.

애인이 없으면 불안했던 내 청춘의 문제는 유년기에서 비롯되었다. 관심의 부재와 사랑의 결핍으로 애착 관계가 제대로 형성되지 않았다. 보호받지 못하고 있다는 불안은 낯가림과 불면증으로 나타났다. 그 불안이 해소되지 않아서 나는 늘 누군가의 연인이었다. 연애를 통해서 안정을 얻었고 보호받고 있다는 착각을 했고 혼자가 되는 것이 무엇보다 두려웠다.

그랬던 내가 지금은 씩씩한 독거 중년으로 잘 살고 있다. 예전의 나를 완전히 바꿔놓을 만큼 커다란 사고들과 보릿고개를 견딘 결과였다. 가난은 조금 불편할 뿐이고 돈이 있든 없든 홀로서기는 할 만한 성취다. '혼삶'에 좀 더 자신감이 생기고 경제력도 나쁘지 않다면, 언젠가는 나도 다시 멍청이가 될지도 모른다. 예나 지금이나 사랑은 중독이니까.

살모사와 꽃뱀

그것은 뱀이었다. 마당 한편에서 잿빛의 기다란 몸통이 물결치고 있었다. 가느다란 혓바닥을 날름거리며 몸을 반쯤 세우고 요염하게 흔들어대는 걸 발견했다.

"뭐야? 뱀이야?"

놀라기는 했지만, 무섭지는 않았다. 그저 신기했다. 뱀을 그렇게 가까이서 보기는 처음이었고, 심지어 그게 내 집 마당이니 인증사진쯤은 남겨두어야 하지 않겠는가. 당연했다. 심지어 내겐 SNS 계정이 여러 개 있으니까. 나는 휴대폰을 들고 나와 요리조리 사진을 찍기 시작했다. 동영상도 찍었다. 인스타그램이나 페이스북에 올리면 대박이겠지? 그때까지만 해도 참

천진난만했다.

사진을 충분히 찍고 나자 뱀을 처리하는 문제에 부딪혔다. 손으로 잡을 수도 없고, 살아있는 걸 때려죽이기도 그렇고 강아지처럼 간식으로 유혹해서 멀리 보낼 수도 없었다. 어쩐다? 한 마리가 나왔으면 다른 뱀도 올 수 있을 텐데, 그제야 조금 걱정되었다.

일단 빗자루를 들고 쓱 밀어보았다. 뱀이 놀란 듯 꿈틀거리는 바람에 나 또한 놀라 반사적으로 힘껏 내리치고 말았다. 플라스틱으로 된 빗자루 머리 부분으로 얻어맞은 뱀은 기절한 듯 고꾸라졌다. 재빨리 쓰레받기와 빗자루를 이용해 산속 멀리 던져버렸다.

열심히 찍은 뱀의 사진을 시골살이 카페 게시판에 올리고 무슨 뱀인지 물었다. 세상에나, 너도나도 맹독을 가진 살모사란다. 하마터면 큰일을 치를 뻔했다. 생각해보면 생김새나 행동이 그다지 위협적이지도 않았다. 그런데 무시무시한 살모사라니. 게다가 살모사 앞에서 내가 했던 행동을 생각하니 뒤늦게 오금이 저렸다. 무식하면 용감한 게 맞는 말이구나 싶었다.

며칠 뒤 나는 다른 뱀을 만났다. 빨래를 널기 위해 마당에 나갔다가 외벽 아래에서 붉고 기다란 것을 보았다. 초봄에 만났던 살모사가 번뜩 떠올랐다. 다가가 보니 역시 뱀이었다. 그런데 봄에 보았던 것과는 생김새가 확연히 달랐다. 빨간 줄무늬가 있는 화려한 뱀. 화려하지만 독은 없는 뱀. 꽃뱀이었다. 무해한 뱀이라는 걸 알고 있었고, 어디가 아픈지 힘을 못 쓰는 것 같기도 해서 어떤 조치도 취하지 않고 집 안으로 들어갔다.

다음날 나가보니 땡볕 아래에 허물이 다 벗겨진 꽃뱀의 흔적만 남아있었다. 살모사보다 꽃뱀을 먼저 보았더라면 아마 가까이 가지 못했을지도 모른다. 사진 찍을 엄두도 못 냈을 것이다. 붉은 띠를 두른 그것은 생김새 자체로 상당히 위협적이었기 때문이다. 살모사는 생김새가 차분한 대신 독을 가졌고 꽃뱀은 독이 없는 대신 외양이 위협적인 것을 보면 새삼 놀라운 이치를 깨닫는다.

사람이든 짐승이든 미물이든 자신을 보호할 수 있는 능력 하나씩은 타고나는 게 아닐까 싶다. 가시 때문에 함부로 꺾을 수 없는 장미라든가 몸집은 작아도 치명적인 독을 가진 복어, 사람 미치게 만드는 파리나 모기의 날렵함. 모든 생명은 신에게서 저마다 목숨을 부지할 만한 선물을 반드시 받는 모양이다.

신이 내게 준 선물은 무엇일까? 미모가 아닌 건 분명한데….

그해 여름엔 아날로그 감성이

수험생이 되던 해 여름방학 동안 나는 학교에 가지 않았다. 아빠와 단둘이 먼 곳에서 보냈다. 아파트 작은 방에는 초록의 책상과 일인용 침대가 있었다. 모두 새것이었다. 본인의 짐이라곤 이불 한 채가 전부인 아빠가 나를 위해 미리 마련해놓은 것이었다.

나는 거기서 입시 공부를 하는 것이 아니라 시(詩)를 썼다. 시가 무언지 알았겠는가. 그저 문학 시간에 갓 부임한 총각 선생님이 시를 읊어주면 집에 가 그 시를 몽땅 외곤 했을 뿐이었다. 그러다가 시에 관심이 깊어지기 시작하면서 시집을 찾아 읽었던 때가 막 고등학교 3학년이 되었을 무렵이었다. 그전까지는 딱히 문학소녀도 아니었고 작가를 지망하던 여고생도 아니었다.

아빠가 일하러 가면 나는 온종일 아파트에 혼자 남았다. 그러던 어느 날 놀라운 걸 발견했다. 타자기였다. 가느다란 쇠다리에 자음과 모음이 박힌 여러 개의 버튼이 달려 있었다. 하나를 꾹 눌렀다. 어디선가 둔탁한 마찰음이 울리더니 돌돌 말린 종이에 자음 하나가 선명하게 찍혔다. 오, 신기했다. 나는 타자기를 내 방 책상 위에 들여놓았다. '올해 여름은 너로 정했다.' 그날부터 타자기는 내 유일한 놀이가 되어주었다.

쓴다는 것에 큰 개념이 없었던 나는 타자기에 무엇을 찍어야 할지 몰랐다. 애국가도 쳐보고, 동요나 가요를 흥얼거리며 노랫말을 쳐보기도 했다. 타자가 익숙해지자 그런 것들은 싫증이 났다. 나는 뭔가 문학적인 사람이 되고 싶었다. 외우고 있던 시 몇 편을 타자기로 옮겨서 종이를 뽑아보니 멋있었다. 머릿속 시가 바닥이 나자 다시 재미가 시들해졌다. 그때 떠오른 게 '나만의 글'을 남겨보자는 생각이었다.

가장 쉬울 것 같은 소재, 엄마.

엄마를 떠올리며 시를 지었다. 몇 번의 시행착오 끝에 완성된 시를 타자기로 정성껏 두드리고 마지막에 날짜를 써넣었다. 나는 그 종이를 지금도 가지고 있다. 내가 그해 여름 무엇을 하며 보냈는지 아무도 모르는, 내가 생애 처음으로 쓴 문학이 어떤 건지 아무도 모르는, 타자기로 한 땀 한 땀 눌러 쓴 내 창작의 시초.

타자기를 갖고 싶다는 생각을 종종 한다. 착착. 쓰고 있다는 것을 알려주는 그 성실한 소리와 손가락이 푹 들어가는 손맛을 느낄 수 있는 자판이 많은 영감을 줄 것 같다. 썼다가 쉽게 지울 수 없어 긴장되고, 한 줄을 쓰고 나면 다시 수동으로 행의 첫머리를 바꿔주어야 하기에 손놀림은 바쁘다. 경직된 필체는 오히려 향수를 불러온다. 한 장을 다 쓴 후 종이를 죽 뽑았을 때의 설렘과 희열은 기막히게 황홀했다.

그 아파트는 산 아래에 있었기에 에어컨 없이 베란다 문만 열어놓아도 더위를 참을 만했다. 소란한 매미떼 울음소리를 음악처럼 들으며 컴퓨터가 아닌 타자기 앞에 앉아있었던 그해 여름엔 아날로그 감성이 충만했다. 그야말로 낭만적인 여름이었다. 아무래도 타자기를 사야 할 것 같다.

참을 수 없이 부끄러울 때

나의 가장 확실한 무기는 솔직함인 것 같다. 그것이 무기라고 말한 이유는, 솔직함은 오해나 논쟁이 벌어졌을 때 나를 지켜주는 무형의 무기였기 때문이다. 이 사실은 그런 사람이 되고 나서야 비로소 깨달았다. 시작부터 솔직하면 거짓이 끼어들지 않는다. 진실은 더 깊은 진실을 이야기하게 하고 거짓은 또 다른 거짓을 양산한다. 과거에 내가 저질렀던 무참하고 비겁한 언행들을 숨기지 않고 내가 당한 일들도 숨기지 않는다.

지방대를 육 년 만에 근근이 졸업한 학벌 또한 숨길 이유가 없다. 내가 겪은 폭력과 상처 역시 곪지 않도록 어느 정도까지는 드러낼 수 있게 되었다. 현재 내가 밟고 선 가난의 영역, 어쩌면 남은 생에 한 발짝도 앞으로 나가지 못할 수도 있는 전업 작가로 사는 삶 또한 그렇다. 그게 내가 선택한 삶이고 지금의 나인데 거짓으로 포장할 이유도 없고 변명이나 해명도 필요치 않다.

그런 말을 들은 적이 있다. 작가가 너무 솔직하면 곤란하다고. 아무런 장치도 없이 고백하듯 다 말할 필요는 없다고. 글밥 먹는 어느 작가가 한 말이다. 나는 그 말을 듣고 한동안 씁쓸했다. 그런 조언을 할 수 있는 자격은 어느 사람에게도 없다고 생각하기 때문이다. 나는 거짓과 변명이 더 나쁘다고 생각하는 사람이기에 더욱 그렇다.

작가라는 신분에 솔직함이 제약이 된다는 말은 내가 겨우 쌓아가고 있는 내 인생에 대한 모독처럼 들렸다. 나는 솔직하지 못한 작가는 감동적인 글을 쓸 수 없다고 생각한다. 픽션이 됐든 논픽션이 됐든 글에는 반드시 글쓴이의 영혼이 들어가게 되어있는데, 솔직하고 진실한 사람의 글에서만 빛을 발하는 감동과 공감이 반드시 있다고 믿는다.

예를 들어, 독재자가 인권을 옹호하는 글을 쓴다고 생각해보면 무슨 말인지 감이 올 것이다. 물론 아주 철저한 위선자이거나 필력이 최고라면 가면을 쓰고도 감동적인 작품을 쓸 수 있겠지만, 적어도 나는 그런 사람일 수 없다. 참을 수 없을 만큼 나 자신이 부끄러울 때는 내가 솔직하지 못할 때였다. 그래서 그게 나랑 맞지 않는다는 걸 알게 되었다. 그 성향이 내 글에 드러날 수밖에 없고 드러나도 어쩔 수 없다. 나는 솔직하지 않아도 된다는 조언 따위는 듣고 싶지 않다.

사람 사이에 오가는 존중 같은 것

오래간만에 영화관에 갔다. 혼자 가는 게 껄끄럽기도 했고 밀폐된 공간에 있으면 어지럼증을 느껴서 오랫동안 찾지 않았던 곳이었다. 보고 싶은 독립 영화가 있었는데, 마침 이 작은 도시에서도 상영하고 있었다. 시국이 시국이고 상업 영화가 아니다 보니 예매율은 제로였다. 잘 되었다 싶어서 급하게 예매를 한 후 극장으로 향했다.

상영 1분을 남긴 시각까지 덩그러니 나 혼자 극장에 앉아있으니 마치 나만을 위한 시사회에 온 것 같은 느낌이 들었다. 영화가 시작되었고 중반부터 흐르기 시작한 눈물은 아무도 없는 틈을 비집고 새어 나와 꺼이꺼이 소리를 내었다. 상업 영화와 독립 영화의 차이점이 무색할 만큼 썩 마음에 들었던 영화가 끝난 후 엔딩 크레딧이 막 올라가던 참이었다.

어두웠던 실내가 밝아지면서 스크린 바로 옆문이 열렸다. 열린 문에 고정장치를 채운 극장 직원이 덩그러니 앉아있는 나를 올려다보더니 밖으로 나갔다. 나는 크레딧을 꼼꼼히 읽고 있었다. 한 시간 반짜리 영화 한 편을 만들기 위해 몇 달 동안 고생했을 스태프들의 이름이 줄줄이 올라왔다. 문을 열었던 직원이 다시 들어와 앞에서 나를 쳐다보고 있었다. 나는 그 직원과 미처 읽지 못한 크레딧을 번갈아 보며 마음이 조급해졌다. 잠시 후 빗자루를 든 다른 직원이 들어왔다. 아직 크레딧이 끝나지 않은 상황이었지만, 나는 멋쩍은 표정으로 자리에서 일어나야 했다.

어느 영화관에 가도 내 불만은 하나였다. 엔딩 크레딧이 끝나기도 전에 일어서는 관객과 출구 안내를 하는 관계자들. 만약 스태프 중 누군가가 영화를 보고 있었다면 심정이 어땠을까. 우리 영화가 해외 유수의 영화제에서 상을 받고 세계 곳곳에 수출되는 시대에 영화를 대하는 태도는 몹시 안타깝다. 관객이 단 한 명이더라도, 저예산 독립 영화라도, 관객과 영화를 존중하는 마음이 필요한 것 같다. 극장을 돌아 나오면서 무엇을 두고 온 것 같은 찝찝함을 지울 수 없었다.

언젠가 국제 영화제에서 상영하는 영화를 본 적이 있었다. 내가 본 세 편의 영화 모두 독립 영화였다. 영화가 끝날 때마다 엔딩 크레딧이 사라질 때까지 불이 켜지지 않았고 한 사람도 움직이지 않았다. 마지막 한 글자, 마침표 하나까지 완전히 끝나고 나서야 비로소 불이 켜졌고 사람들은 박수로 감사와 격려를 보냈다. 나는 그때 전율을 느꼈다. 사람과 사람 사이에 오가는 존중 같은 것, 그 존중이 주는 감동은 위대해 보였다. 영화제가 아니더라도 모든 영화관에서 그래주면 좋겠다는 생각을 했다.

서서 밥 먹는 사람

—

가끔 서서 밥을 먹는다. 식탁이나 싱크대 앞, 더러는 책상 앞에 서서 먹기도 한다. 허리를 숙이지 않기 위해 밥그릇을 왼손에 받치고 반찬을 덜어온다. 앉아서 식사할 때보다 젓가락질이 조심스럽다. 잠자는 시간에는 누워있고, 깨어 있는 시간 대부분은 졸작을 만들어내느라 책상 앞에 앉아 보낸다. 그러다 보니 자주 소화가 안 되고 아랫배가 나오기 시작했다. 서 있는 시간을 부러 만들기 위한 방책이었다. 서서 밥 먹는 모습을 우리 할머니가 보셨다면 '쌍놈'이라는 욕을 한 바가지 하셨을 거다. 무슨 상관이랴.

어릴 적 밥상머리 교육은 지금 생각하면 고리타분하다. 밥은 앉아서 먹어야 한다. 어른이 수저를 들 때까지 기다려야 한다. 밥을 먹을 땐 말을 삼가라. 밥그릇을 들고 먹는 건 상놈이다. 나는 이 모든 걸 거부한다. 일단 서서 밥 먹는 게 의외로 괜찮다. 소화도 잘되고 천천히 먹을 수 있어서 좋다. 때에 따라 어른이 있어도 양해를 구하고 먼저 식사할 수도 있다. 밥벌이에 시간 활용이 다른 사람들이 어찌 늘 순서를 따지겠는가. 나는 밥을 먹을 때 대화를 원한다. 부러 시간을 내기 힘든 요즘 사람들은 식사시간에 많은 정보를 교류할 수 있다. 나는 밥그릇을 들고 먹는다. 서서 먹는 이유와 상통하는 부분이다. 반찬을 흘리지 않기 위해, 허리를 굽히지 않기 위해.

조선 시대에는 1인 1상이 원칙이었는데, 요즘 유행하는 '혼밥'의 원형이라 할 수 있겠다. 그러나 여러 환난을 겪으면서 1인 1상이 번거롭고 비경제적인 밥상 문화가 되어버렸다. 가족들이 둘러앉아 냄비 하나에 숟가락을 함께 넣으며 식사를 하게 된 데에는 그 시대 형극의 영향이 컸다.

밥상 문화는 시대가 요구하는 대로 변하기 마련이다. 요즘 사람들은 너무 바쁘다. 바빠도 형편은 나아지지 않지만 바쁘기는 엄청 바쁘다. 게다가 1인 가구가 늘어나고 있다. 이혼은 부끄러운 일이 아닌 세상이고, 선택 때문에 결혼하지 않는 비혼, 결혼생활의 졸업을 뜻하는 졸혼, 결혼은 하되 출산을 원치 않는 딩크족 등 현실을 반영한 신조어들이 넘쳐난다. 이런 시대에 전통적인 밥상 문화를 고집하기엔 무리가 있지 않을까 싶은데, 아직도 밥은 앉아서 먹으라는 말을 자주 듣는다.

나 역시 1인 가구다. 밥은 햇반으로 대신하고 반찬은 엄마한테 얻어먹거나 반찬가게에서 사다 먹는다. 가스레인지나 전기밥솥은 부엌 인테리어일 뿐이다. 밥은 먹고 싶을 때만 먹고 가끔 서서도 먹는다. 누가 뭐랄까. 내 라이프 스타일에 맞춰야 혼자 사는 일이 즐겁다. 뒤늦게 뛰어든 전업 작가란 직업 속에서 글을 제외한 나머지 삶은 그저 생명 유지를 위한 것들이다. 그래서 나는 밥이야 언제 어떻게 먹든 상관없다. 굶지 않는 이상, 살아가는 데에 아무 문제가 없다.

4장.

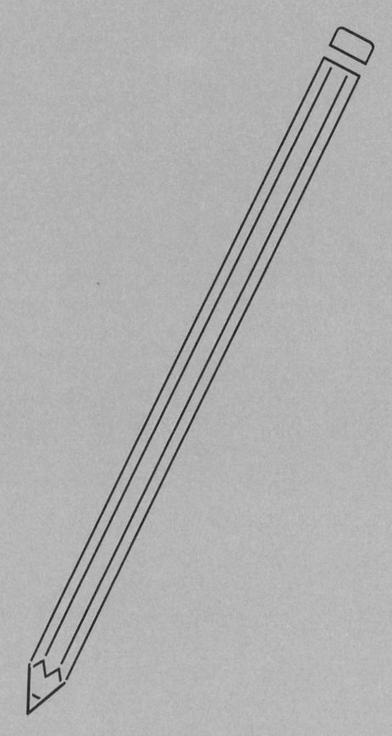

슬픔을
딛고
다시
삶으로

어느 세대의 수다

85세 할머니가 노상에 퍼질러 앉아 쑥을 다듬고 있었다. 심심하던 차에 나를 만난 것이 반갑다는 듯 내 바짓가랑이를 붙든다. 산책하러 나왔던 나는 하는 수 없이 그 옆에 퍼질러 앉는다. 할머니는 거칠고 주름진 손으로 쑥을 고르고 입으로는 단순 작업의 무료함을 고른다. 할머니의 수다는 쑥에서 시작되었다.

흉년이 든 이듬해는 강산에 쑥이 씨가 말랐다고 한다. 쑥 캐러 다니느라 어린 새끼가 우는 것도 몰랐다고 말하는 입에서 한숨이 새어 나왔다. 먹고 사는 게 그리 사람을 독하게 만들더라고, 할머니는 손에 쥔 쑥을 팽개치듯 소쿠리에 던지며 말했다. 요즘은 쑥으로 만든 음식이 봄날 특별식이지만, 그 시절 없는 농가에서는 불린 쌀에 쑥을 넣고 가마솥 가득 쑤어야 온 식구가 굶지 않았다고 한다. 곱게 다듬어진 쑥은 한 주먹씩 작은 소쿠리에 쌓였고, 그 위에 어느 세대의 쑥 이야기도 한 토막씩 자리 잡았다.

먼발치에서 지팡이를 짚고 걸어오는 89세 할머니가 보인다. 우리 옆에 퍼질러 앉은 할머니는 말없이 바닥에 널브러진 쑥을 앞으로 끌어당기더니 쑥을 고르기 시작한다. 나와 수다를 떨던 할머니가 바구니를 옆으로 슬쩍 밀어준다. 그렇게 셋이 되었다. 다듬어진 쑥은 순식간에 늘어났고 쑥에 대한 수다도 세 배나 늘었다. 그 세대가 기억하는 쑥은 반가운 봄이 아니라 대체로 생계였고 노동이었다.

먼 산에서 한기가 몰려왔다. 89세 할머니가 손을 털고 지팡이를 짚는다.

"아이고, 춥다."

한마디하고 끙차, 일어서는데 85세 할머니가 말한다.

"안 죽으려면 들어가야지."

일어선 할머니가 응수한다.

"쑥 많이 먹고 천년만년 살아라."

지지 않는 목소리가 들린다.

"들리지도 않으면서 말은 잘하지."

다시 둘이 되었다.

쑥이 질리지 않냐고 물었더니, 그 나이가 되면 질리지 않는 것이 없다는 대답이 돌아왔다. 사는 것 자체가 질린다는 덧말도 붙어왔다. 나는 할머니를 가만가만 쳐다보았고 할머니는 웃으며 말했다.

"그래도 봄에는 쑥이지!"

주름진 입술에서 드디어 봄이 나왔다.

그리운 것들은 참, 멀리도 간다

—

나는 딸 셋 중에 둘째로 자랐다. 언니는 장녀답고, 동생은 막내다웠다. 가족 중 누구도 독립하지 않았던 시절에 다섯 식구는 자주 밥상 앞에 모였다. 늦잠이 일상이었던 나는 언제나 제일 늦게 수저를 들었다.

잠이 덜 깬 나는 유머를 장착하고 살던 동생의 표적이 되곤 했다. 음식을 먹는 도중에 더러운 얘기가 나오면 정색하며 화를 내곤 했던 나를 겨냥한 것이었다. 나로 인해 똥이나 설사, 방귀, 트림같이 배설과 관련된 직접적인 단어는 밥상 앞에서 금지어였다. 하지만 동생은 그 단어들을 쓰지 않고도 교묘하게 나를 자극하곤 했다.

이를테면, 이런 식이다.

"작은언니, 상상하지 마."라는 식으로 말문을 열고는,

"아, 얘기하고 싶은데 작은언니 때문에 망설여지네."라고 말하며 긴장감을 고조시킨다.

나는 인상을 쓰며 경고한다.

"좋은 말로 할 때 하지 마."

동생은 그런 반응이 재미있었던 게다.

"아니, 꼭 더러운 얘기는 아니고."라든가, "언니가 상상해서 그래. 그걸 떠올리지 마."라는 식으로 이미 내가 뭔가를 상상하게 만든다. 나는 슬슬 열이 오르기 시작한다. 그러면 나머지 가족들은 우리의 모습이 재미있어서 키득키득 웃기만 했다. 나는 그 웃음에 화가 나서 수저를 탁 내려놓고 방으로 들어가버렸다.

나중에 엄마가 다시 나만의 밥상을 차려주거나 동생이 와서 또 다른 유머로 내 화를 풀어주었다.

그렇게 비위가 안 좋고 까칠했던 나는 이제 어떤 말에도 끄떡하지 않는다. 변기 옆에서 밥을 먹으라고 해도 먹을 수 있는 경지에 달했다. 실제로 어느 병원 화장실에서 초코파이를 먹은 기억도 있다. 식사를 하기 위해 적당한 장소까지 가기에는 너

무 배가 고팠고 그땐 차도 없었다. 나는 손 씻으러 들어간 화장실에서 초코파이를 먹었다. 아무렇지도 않았다. 서럽지도 않았다. 그것은 밥을 굶어본 이후의 변화였다. 비위 상한다는 이유로 밥을 못 먹고 수저를 놓아버리는 것이 얼마나 사치인가를 깨닫게 된 것이다.

혼자 산 지 오래된 지금은 늘 혼자 밥을 먹으니 누가 내 비위를 건드리는 일이 없다. 이제 비위가 좋아졌는데도 아무도 건드리지 않는다. 말소리도 없고 웃음소리도 없다. 초라한 밥상 위에 투박한 수저 소리만이 전부다. 가끔은 그때처럼 나를 놀려먹던 동생의 유머가 그립고 밥알을 튀기며 웃기만 했던 가족들의 식탁이 그립다.

그리운 것들은 참, 멀리도 간다.

포기와 상실이 준 깨달음

—

2019년 봄, 나는 자매를 잃었다. 그녀가 떠난 후 집 안에 있는 화분들이 말라 죽기 시작했다. 알아서 잘 자라던 화분들이 별안간 뿌리까지 죽어버렸다. 남루하지만 매년 풍작이었던 내 작은 텃밭에는 잡초가 무성하고 조랑조랑 매달렸던 감나무에는 감이 반도 열리지 않았다. 안주인이 아프면 장(醬)이 상한다던 옛말이 떠올랐다.

남은 퇴비가 있어서 올가을에 다시 텃밭을 시작해볼 요량으로 밭을 갈기 시작했다. 매년 갈던 땅이 아니었다. 메마르고 푸석푸석했다. 그 많던 지렁이 한 마리 보이지 않았다. 봄에 심었던 농작물들을 수확하지 않고 내버려둔 터라 곳곳에 덩그러니 서 있는 지지대에는 말라비틀어진 고추와 썩은 오이가 주검처럼 매달려 있었다.

결국, 손을 놓고 말았다. 내 방치로 인해 땅도 식물도 죽어버렸지만, 이미 죽은 걸 살릴 수도 없었다. 삶과 죽음이 너무도 허망하게 느껴졌던 때였다. 다시는 살아있는 걸 키우지 않겠다고 다짐도 했다.

어쩌면 텃밭은 핑계였을지도 모른다. 초록의 생명을 다시 보고 만지면서 내게도 생의 의욕을 불어넣고 싶었던 것 같다. 삶을 회복하고 싶은 의지가 조금은 있었던 모양이다. 그런데도 나는 평소 하지 않던 걸 하고 말았다. '포기'란 것.

그 단어를 극도로 싫어하며 살았다. 내 생애 포기란 없었다. 죽거나 까무러쳐도 포기하지는 않았다. 실패는 괜찮은데 포기는 용납할 수 없었다.

꿈, 사랑, 성공. 포기하지 않는다고 다 이루는 건 아니겠지만 포기하지 않은 사람에게 기회와 기적이 더 많이 찾아간다는 것을 알고 있었다. 그런 강박 때문에 무엇도 포기할 수 없었다. 기회나 기적이 찾아온다면 언제든지 덥석 붙잡을 생각이었다.

그런 내가 큰 노력 없이 텃밭을 포기한 이유는 상실을 겪은 후 그 단어에 대한 강박감이 사라졌기 때문이다.

잡풀로 무성한 나의 텃밭에서 고라니 두 마리가 한참 동안 노닐다가 유유히 말뚝을 넘어갔다. 텃밭 말뚝 아래에서 길고양이가 갓 낳은 새끼를 품고 앉아있기도 했다. 우리 마을에서 방치된 텃밭은 우리 집밖에 없었다.

버려진 땅이 어떤 여린 존재들에겐 안전한 쉼터가 되기도 하는구나…. 모든 걸 악착같이 포기하지 않는 건 그저 사람 욕심이구나…. 나의 포기가 다른 존재에게 기회나 기적이 될 수도 있겠구나….

포기와 상실이 준 귀한 깨달음이었다.

백 원짜리 동전 두 개

—

길바닥에 백 원짜리 동전 두 개가 햇빛을 받아 반짝거린다. 누가 여기에 귀한 세월 두 가닥을 잃어버리고 갔을까. 세상 풍파 다 겪은 듯 찌그러진 동전을 보니 한 가닥에 고작 백 원이었던 엄마의 머리카락이 떠올랐다.

흰 머리카락을 하나씩 뽑아 개당 백 원씩 계산해서 받았더랬다. 엄마의 까만 머리카락은 세월을 판돈 삼아 흰 머리카락과 겨루고 있었다. 어린 딸은 엄마의 흰 머리카락이 하나씩 발견될 때마다 백 원을 계산하며 좋아했다. 흰 머리카락 한 가닥이 뽑히는 찰나에 철없는 딸내미는 웃었고 엄마는 씁쓸하게 한숨을 쉬었다.

십 리 정승처럼 듬성듬성 보이던 엄마의 흰 머리카락이 해를 거듭할수록 제집인 양 활개를 치기 시작했다. 그걸 다 뽑았다간 사람 잡을 일이었다. 예상 밖의 일은 엄마의 태도였는데, 언젠가부터 엄마는 흰 머리를 뽑아달라고 부탁하지 않았다. 세월의 하얀 그림자를 덤덤히 받아들였던 것일까. 그것이 체념이었는지 수용이었는지는 아직도 모르겠다.

동전 두 개를 손에 쥐고 터벅터벅 집으로 돌아와 책상 위에 올려놓았다. 은색의 낡은 동전 두 개가 떨어져 나간 흰 머리카락처럼 궁색하게 뻗어 있다. 엄마가 잃어버린 젊음만큼 생기가 없다.

동전들을 손바닥으로 가만히 쓸어보았다. 이 낡은 동전에 어떤 사람들의 세월이 스쳐 갔을까. 가문 땅에 물이 잦아들듯 기세등등한 세월을 늙은 엄마도 나도 걷잡을 수 없게 되어버렸다. 이제는 제때 염색하지 않으면 엄마의 머리에는 만년설이 쌓인다.

백 원을 얻으려고 엄마의 머리카락을 헤집던 나는 백 원의 가치를 무시하는 나이가 되었고 엄마의 만년설보다 내 머리에 가끔 출현하는 새치 한 가닥이 더 신경 쓰이는 무심한 딸이 되었다. 누군가 떨어뜨린 백 원짜리 동전 두 개처럼 엄마의 인생은 오늘도 바닥에 뚝뚝 떨어졌을 것이다. 돈을 주고 살 수만 있다면 엄마가 떨어뜨린 인생 모두 사주고 싶은데, 이 허망한 바람은 불효자식이 내뱉는 자책일 뿐이라고 동전 두 개가 비웃듯 쳐다본다.

버려진 것들의 이야기

흉풍이 드는 빈집이 있다. 그 집 앞을 지날 때마다 음산한 기운에 발걸음이 빨라진다. 바로 뒤에 아파트가 시공되면서 사람이 살지 않는 집들은 대부분 헐리고 아스팔트가 깔렸지만, 그래도 몇 채는 그대로 남아있는 상태다.

폐가처럼 보이는 그 집은 슬레이트 지붕의 작은 흙집 두 채가 기역 자로 붙어있다. 내가 처음 그 집을 발견했을 때만 해도 마당은 휑하다시피 깨끗했는데, 점점 보이지 않던 물건들이 널브러지기 시작했다. 부서진 서랍장, 곰팡이가 핀 매트리스, 유리 깨진 업소 냉장고, 아이스크림 냉동고, 보나 마나 고장 났을 보일러 통까지. 작정하고 버려야 하는 물건들이었다. 폐가는 거의 고물 창고로 변해갔다.

저녁 늦게 손전등을 들고 동네를 걷다가 폐가 앞에 주차된 작은 승용차를 보았다. 가로등이 없어서 깜깜한 골목인데도 차는 헤드라이트를 켜지 않고 서 있었다. 운전석에서 내린 사람의 그림자는 차에서 폐가 쪽으로 뭔가를 실어 날랐다. 일이 끝난 후 사람의 그림자는 급하게 차를 몰았고 골목을 벗어나자마자 차에서 헤드라이트가 켜졌다.

다음날 보니 마당 한쪽에 그간 보지 못했던 낡은 책상과 의자가 놓여있었다. 민망한 듯 등을 돌리고 서 있는 의자를 바라보며 버려지는 것들과 버려진 것들이 모이는 집에 대해 생각했다. 버려진 장소에는 버려진 물건들만 어울릴까.

아이스크림 냉동고 위에서 검은 고양이를 발견했다. 고개를 돌려보니 매트리스 아래에도 새끼 고양이 두 마리가 웅크리고 있었다. 방치된 집, 버려진 물건, 주인 없는 고양이가 가족처럼 얽혀있었다. 버려진 집에서 불안에 떠는 작은 생명과 폐기물 스티커 하나 붙이지 못하고 남의 집에 버려진 사물들을 보니 사람도 다름 아니라 생각되었다. 뒷맛이 씁쓸했다.

문득, 부모님 안부도 자주 묻지 못하는 내가 과연 그런 생각을 할 자격이 있는지 책망하는 목소리가 들렸다. 부끄러운 몸을 그림자에 숨겨 급히 자리를 떴다. 손전등은 켜지 못했다.

이끼가 된 여자

—

달리기만 하면 일등이었다. 어린 시절의 나는 멈추는 법을 몰랐다. 첫발은 남들보다 빨랐고, 월등히 앞서 달렸지만, 결승선에서 멈추질 못했다. 계속 달리는 나를 보면서 웃던 관중들. 나는 한번 달리면 멈추지 않았다. 사람마다 기량이 다른데 어찌 똑같은 거리를 달리다가 단번에 멈추길 바랄까. 그러나 그래야 했다. 그게 사는 법이었다. 튀지 않고 상처받지 않는 방법이었다.

어른이 된 후엔 달리는 법을 잊었다. 달리지 않으니 멈출 필요가 없었다. 쉼 없이 달리는 사람들을 보며 왜 저렇게 숨 가쁘게 살까, 이해하지 못했다. 나도 마음 먹고 달리면 누구보다 빠를 수 있는데, 내가 잘 달릴 수 있다는 걸 믿어주는 사람은 없었다. 스스로 달리고 싶은 목표도 의욕도 없었다. 나는 그냥 이끼처럼 살았다. 꽃을 피우지 못하는 원시식물, 이끼. 잡초처럼 밟을 필요조차 느끼지 못하는 이끼. 우울하고 눅눅한, 나는 이끼 같은 존재였다.

뒷마당에 쌓여있던 돌담이 무너졌는데, 누가 일부러 도려낸 것 같이 U자 모양으로 예쁘게도 무너졌다. 원체 낮았던 담이 불안해서 돌덩이가 보일 때마다 높이를 키웠다. 아무 생각 없이 쌓기만 한 돌담이라 맥없이 무너졌을까. 가까이 가서 살폈다. 이상했다. 아무리 봐도 너무 반듯하게 무너졌다.

반대쪽으로 가보고서야 상황을 알 수 있었다. 돌담이 있는 곳은 마당 뒤꼍이라 해가 잘 들지 않는 곳이었다. 돌담 사이사이에 파릇한 게 보였다. 돌 사이에 난 틈을 메우고, 더러는 돌 전체를 감싸고 있기도 했다. 집 건물을 비켜 겨우 내리쬐는 한 줌의 햇살. 무너진 돌담은 그 햇살이 비치는 유일한 곳이었다. 말하자면, 이끼가 낀 곳은 멀쩡하고 이끼가 없는 부분만 무너진 것이다. 그 장면 속에서 내 인생을 보았다.

사람들 눈에 띄기 싫어 스스로 이끼가 된 여자. 철저한 고독 속으로 몸을 숨겼던 여자는 눈물을 먹고 사는 이끼였다. 그 세월이 저 돌담처럼 쌓였다. 이제는 익숙해진 고독 속에서 적어도 외로움 때문이라면 울지 않는 여자. 어떤 비바람이 불어닥쳐도 결코 무너지거나 포기하지 않을 기백이 여자의 몸 마디마디 박히지 않았을까. 이제 용기를 내기로 했다. 햇볕을 받자고. 사람답게 살자고. 세상에 나가 힘들어하는 사람들 사이에서 이끼가 되자고.

머무르는 것은 부패한다. 고독이나 환희도 마찬가지다. 모든 것은 아름답게 승화되었을 때 멈춰야 한다. 세상의 모든 시련은 승화될 수 있다고 믿는다. 쓸모없는 이끼가 돌담을 지탱해주듯이 말이다.

결핍이 생긴 걸 축하합니다

아주 많은 걸 가진 여인이 내가 부럽다고 말했다. 애처가 남편과 똑똑한 자식을 둔 그녀는 원하던 대로 카페를 차렸다. 품위 있는 외모에, 살면서 경제적인 고민을 해본 적 없는 그녀는 잘 빚어진 도자기 같았다. 어떤 이유에서든 거의 매일 울어야 했던 내 삶을 알면서도 내가 부럽다고 말하던 그녀의 입술이 얄미웠다. 왜요? 내가 이유를 물었을 때 그녀는 손가락으로 커피잔 테두리를 훑으며 말했다.

"멋지잖아. 내가 살아온 삶은 잘 찍어낸 모조품 같고 네 삶은 뭐랄까, 찢어지고 빛바랜 진품 같아."

그 말이 배부른 투정처럼 들린 나는 흥분하며 반격했다. 한 순간도 불안하지 않았던 적이 없었던 내 인생에 대해 열변을 토했다. 배부른 소리 하고 있네, 라는 말을 덧붙이고 싶었으나 그러지는 못했다. 내 말을 경청하던 그녀가 무슨 말을 할지 궁금했다. 여유 있게 커피를 마신 후 살포시 잔을 내려놓은 그녀는 이렇게 말했다.

"멋져."

나를 놀리는 것 같아서 짜증이 났지만, 좀 참아보기로 했다. 한숨을 쉬는 나를 쳐다보며 그녀가 말했다.

"다시 살 수 있다면, 나는 너로 살고 싶어."

도저히 감당할 수 없었던 이 장면에서 나는 이렇게 말했다.

"다시 살 수 있다면, 나는 나로 살 거야."

예쁘게 웃으며 그녀가 하는 말.

"이래서 멋진 거야."

그제야 나는 깨달았다. 그녀가 부러워한 건 지지리 궁상이었던 내 인생이 아니었다. 숱한 결핍 속에서도 어떻게든 살아가는 나를 두고 하는 말이었다. 아마 유년기나 청춘에 나를 만났더라면 그런 말을 하지 않았을지도 모른다. 살기 위해 발버

둥치지 않았던 그때의 나를 만났더라면 오히려 불쌍하게 여기고 동정했을 것이다. 출생부터 결혼까지 금수저 소리를 듣던 그녀는 중년이 되자 자신이 누려온 안정적인 삶이 무료하게 느껴지는 모양이었다. 그래서 돈도 집도 남편도 자식도 없이 아등바등 사는 내가 부러워졌을까.

우린 어차피 다른 사람이었다. 태생이 다르고 환경이 달랐다. 자연스럽게 극과 극의 인간으로 자랐을 테고 서로 그 자신으로 늙었을 것이다. 우리는 그렇게 제법 살아왔고 이제 생이 기울기 시작할 무렵이 되었다. 그녀는 여전히 안정 속에 앉아 있고 나는 결핍 속에서 발버둥 치고 있다. 돈이든 마음이든 결핍된 무엇을 채워나가기 위해 나는 모든 순간 이를 악물어야 하는 삶을 버티고 있다. 그렇지만 다시 태어나도 그녀처럼 안정이 보장된 쪽은 가고 싶지 않다. 그 생각을 하고 보니 그녀 말처럼 제법 멋진 것 같기도 했다.

그녀와 헤어지기 전에 내가 말했다.

"언니. 늦게나마 결핍이 생긴 걸 축하해요."

잘 익은 호박처럼 동그랗게 웃던 그녀가 말했다.

"그래. 나도 이제 좀 멋져 볼게."

그 말은 그동안 그녀에게 들었던 어떤 말보다 멋진 말처럼 들렸다. 나는 그녀의 멋진 삶을 응원하고 있다. 아니, 우리의 멋진 삶을 응원할 것이다.

비로소 사람이 되어간다

작년에 생애 처음으로 책 판 돈을 받았다. 인세라는 것이다. 팔자 고칠 금액은 아니지만, 책 쓴 노동에 대한 최저시급도 안 되겠지만, 나는 그 돈이 눈물겨웠다. 눈물 나게 버틴 값으로 작가가 되었고 눈물 나게 썼고 출간 후엔 눈물 나게 팔았기에. 그렇게 번 소중한 돈이었다.

작가가 되어 첫 원고료를 받았을 때도 그랬다. 그걸 빳빳한 현찰로 바꿔서 봉투에 넣어 보관했었다. 죽어도 안 쓰겠다고 다짐했으나 며칠 만에 빈 봉투를 매만지며 씁쓸했던 기억이 있다. 그땐 허방만 딛고 사는 것 같아서 허무했다. 인세는 달랐다. 들어온 돈을 다 써도 책이 남아있으니 허무하지만은 않았다.

첫 출간, 첫 인세. 말하자면 첫 월급 같은 거라 엄마한테 반을 똑 떼어 보냈다. 빨간 내복 대신 엄마가 좋아하는 돈으로. 남은 반에서 반을 다시 떼어 생활비 통장에 넣었다. 연체되었던 공과금이 줄줄이 빠져다. 남은 반에서 반은 날 위해 지갑을 샀고, 마지막 남은 반은 고마운 분들께 선물할 물건들을 구매했다.

선물을 고르면서 문득 세상천지가 너무 감사하다는 생각이 들었다. 굶지도 않고 춥지도 않고 장군이 사료도 꼬박꼬박 먹이고 항상 받기만 했던 내가 약소하지만 선물까지 할 주제가 되었으니, 이보다 감사한 일이 있을까 싶었다. 더 큰 욕심은 부질없다는 생각이 들 만큼 이렇게 꼬물거리는 작은 행복이 참 좋다. 탈고 후 옛날 통닭에 소주 한 병 살 돈만 있으면 나는 족하다. 작가가 되고 나서야 비로소 사람이 되어가나 보다.

얼마든지 젖어도 좋다

어느 이른 아침, 털어내지 못한 잠의 기운을 안고 헤어진 연인에게 질척대는 미련한 여자처럼 침대를 떠나지 못하고 있었다. 마침 열려있는 방문 사이로 마루에 난 창이 눈에 들어왔다. 실제는 제법 큰 창인데 침대에 누워서 바라보니 스케치북 크기만 하였다. 그 작은 네모 안에는 수채화 한 점이 있었다.

감나무의 잎새가 동네 구멍가게 앞에 모여든 아이들처럼 자발없이 흔들리고 있었다. 한 뿌리에서 뻗은 가지일 테고 한 가지에서 자란 잎새가 분명한데, 움직이는 모양은 제각각이었다. 나뭇잎 하나하나가 각자의 호흡과 리듬으로 흔들리고 있었으나 결코 어느 하나 부각되지도 거슬리지도 않았다. 아침

햇살이 반짝이 가루처럼 내려앉자 그토록 아름다운 그림을 난생 본 적이 있었던가 싶었다.

예전에는 무엇이든 선명한 것이 좋았다. 성격이 깔끔하고 확실했고 우유부단하거나 흐지부지한 것은 질색이었다. 직접 보고 만지는 것이 좋았고 그럴 수 없는 것들은 불신하거나 무시하기 일쑤였다. 사랑하는 사람은 진한 색을 입혀 가까이 두었으나 미워하는 사람은 물을 먹여 흐리게 했다. 삶이 나를 아프게 하기 전까지, 세상에 한 가지 색으로 존재하는 것은 어떤 것도 없다는 것을 인식하기 전까지 나는 유화같이 강렬한 삶을 원했다.

누군가를 사랑하던 시절의 나는 그 사람이 처음에 가졌던 색깔을 잃지 않길 바랐고, 그 색이 퇴색되면 사랑이 식었다고 느꼈다. 내가 그랬듯 사랑에 빠진 사람은 수채화를 그리지 못하고 기름을 잔뜩 머금은 유화를 그린다. 콩꺼풀이 그득 낀 기름에 물감을 풀어 흔한 농담도 없이 두껍고 화려한 색을 입히는 것이다. 세월이 아무리 흘러도 변치 않기를, 어떤 시련이 와도 처음 그대로 날 사랑해주기를 바라며 코팅하듯 기름을 얹는다. 세월이 흐르면 세상의 모든 색이 바래고 더러는 사라지기도 하는 이치를 인정하고 싶지 않았던 모양이다. 내 젊은 날에는 유화처럼 덕지덕지 가부키 화장을 한 채로 사람들과 마주하며 살았다. 그것을 지운 자리에 다시 수채화를 그린다고 과연 내가 물과 섞일 수 있을까 싶지만, 변화에는 마음먹는 것이 팔할이라. 시간이 걸리더라도 수채화같이 자연스러운 사람으로 돌아갈 것이라 믿는다.

수채화는 독단적일 수 없고, 퇴색되는 것을 두려워하지 않는다. 어쩌면 사랑도 인생도 수채화와 비슷하지 않을까. 자신이 가진 색이 두드러지지 않아야 삶이 조화롭고, 다른 색을 받아들일 줄 알아야 응당 관계가 평화롭다. 원색이 물에 스미며 다른 색과 동화되는 수채화처럼 전혀 생각지 못한 시련이 다가와도 중화할 줄 아는 관록은 언제쯤 생기는 것일까. 어떤 색이든 자연스럽게 풀어지고 섞이는 모습이 볕 좋은 날 정자 아래 모인 촌로들의 수다만큼 정겹다.

수채화에 쓰이는 종이는 최소 삼백 그램은 되어야 한다. 그보다 얇으면 종이가 울거나 꽈배기처럼 말리고 그림도 잘 마르지 않는다. 나는 아직 삼백 그램이 되지 못한다는 것을 안다.

그래서 가끔은 울기도 하고 차라리 찢어버리고 싶을 때도 있다. 물에 젖는 것을 두려워하지 않는 용기, 내가 원한 색이 퇴색되거나 바라는 것을 지켜보는 인내심이 여전히 부족하다. 그것을 다 받아들이며 허허 넉살을 부릴 만한 깜냥은 못 되지만 적어도 수채화로 사는 것이 현명하다는 것을 깨달았으니 앞으로 그리는 일만 남았다.

나는 구멍 나거나 찢기지 않는 삼백 그램의 넉넉한 스케치북이 되기 위해 자주 젖고 부지런히 마를 것이다. 그 위에 농담 섞인 수채화 한 점 품고 살 수 있다면, 글도 짓고 그림도 지으며 살 수 있다면 얼마나 좋을까. 그렇게 된다면 지금의 나는 얼마든지 젖어도 좋다.

괴로워하던 여덟 살의 몸짓

초등학교 저학년인 아이들에게 동화책을 읽어주고 있었다. 병에 걸린 남편이 그 사실을 숨긴 채 아내를 억지로 떠나보내려는 내용이었다. 어른이 생각하기에는 절절한 사랑 이야기였다. 내 코앞에서 가슴이 아프다면서 제 목덜미를 쥐어짜던 여덟 살짜리 여자아이를 보았다. 나중에서야 알게 되었는데, 베트남이 국적인 어머니가 장애인인 아버지와 딸을 버리고 자국으로 돌아갔다고 들었다. 아이는 정말 괴로워하는 몸짓이었다. '가슴이 아프다'라는 표현을 쓰던 여덟 살. 가슴이 아플 때 두 손으로 가슴이 아닌 제 목덜미를 힘껏 쥐던 여덟 살. 마지막에는 행복해진다고 해도 더는 못 읽겠다며 미간을 찌푸리던 꼬마 아이.

가슴이 아프다는 말을 밥 먹듯이 쓰던 나는 그 아이에게 어떤 말을 해야 할지 알 수 없었다. 여덟 살 아이는 가슴이 아픈 걸 낫게 하는 빨간약은 없다는 걸 알고 있었던 것 같다. 그런 유치한 위로는 통하지 않았다. 제발 책 읽기를 중단해달라는 말만 했다. 여덟 살은 성숙하고 진실했지만, 서른을 앞두었던 나는 위선쟁이에 불과했다. 그 아이 앞에서 아무런 위로도 해주지 못한 여자는 삼십 대를 지나 중년이 되어서야 이해가 되었다. 가슴이 아플 때 왜 목덜미를 쥐어야 했는지.

나쁜 기억이나 트라우마가 불러오는 통증은 가슴이 아니었다. 목이었다. 슬픔, 울분, 공포, 초조. 몸이 힘들어하는 감정의 방향은 죄다 위쪽으로 올라왔다. 슬프거나 화가 나면 눈물이 나거나 포효하거나 때론 구토까지 일으키지만, 똥을 싸지는 않는 것과 같다. 정말 슬픔에 몸서리칠 상황에서 그와 비슷한 상황을 겪어본 사람이라면, 제 목을 누른다. 그건 가슴의 통증이 밖으로 새어 나오지 않도록 하는 일종의 방어 몸짓이었다. 어떤 감정이든 몸 밖으로 터져버리면 몸의 주인도 건잡을 수 없게 되는 경우가 부지기수 아니던가. 나는 겨우 알게 되었다. 억누르고 있던 감정이 꿈틀거릴 때는 목을 눌러야 한다는 것을.

중요한 것은 그걸 타인이 대신해줄 수는 없다는 사실이다. 누군가 복받치기 시작한다고 해서 달려가 그 사람의 목을 눌러줄 수는 없는 일이다. 그건 지극히 개인적인 영역이다. 감정을 절제하기 위해 스스로 제 목을 누르면 그 상황을 인지하게 된다. 내가 또 목을 붙들고 있구나. 내가 지금의 감정을 통제하고 싶어 하는구나. 그 순간, 놀랍게도 감성이 이성으로 바뀌는 경험을 했다.

나는 울보라 자주, 자주라는 말이 무색할 만큼 자주 운다. 주로 울게 내버려 두는 편이지만, 아무렇게나 울지는 않는다. 우는 걸 기막히게 잘하고 살아온 사람으로서 말하자면, 눈물에도 착한 눈물과 나쁜 눈물이 있다. 몸과 마음을 정화시켜주는 착한 눈물과 오래도록 우울과 괴로움에 빠져들게 될 나쁜 눈물. 그게 아주 끔찍한 기억을 상기시켜 일상을 흔들 나쁜 눈물이라면 목을 눌러 절제하려고 한다. 제법 효과가 있다.

그렇다면, 고작 여덟 살이었던 여자아이는 그걸 알고 있었던 것일까? 아니었기를 바란다. 그저 우연한 몸짓이었기를. 본능이 아니었기를. 부디.

어린이에게 배운 인생 철학

초등학생들에게 글쓰기를 시켜놓고 나도 책상 앞에 앉았다. 비 내리는 잿빛 오후였다. 불행이 비겁하게 떼 지어 달려들었고, 운명이라 치부하기엔 너무나 억울한 상황에 놓였던 나는 책상에 엎드려 낙서를 하고 있었다. 내 감정에 휩쓸려 무아지경일 즈음 한 아이가 내 등을 톡톡 건드렸다. 쳐다보니, 화장실에 가고 싶다는 제스처를 했다. 나는 말 없이 고개를 끄덕였다.

아이가 돌아와 제자리에 앉았는데 그때부터 자꾸만 나를 쳐다보았다. 왜? 눈짓으로 물으면 다시 고개를 숙여 글을 쓰는 체했다. 그러다가 다시 빤히 나를 쳐다보는 것이다. 어서 마무리하라고 일러준 후 창밖을 향해 섰다. 빗방울이 내 가슴으로

와락와락 쏟아졌다.

"선생님!"

누군가 부르는 소리에 냉큼 돌아보았다. 아까 그 아이가 오른손을 들고 있었다. 왜? 아이는 잠깐 망설이다가 물었다.

"선생님 죽고 싶어요?"

나는 깜짝 놀랐다.

"무슨 말이야? 내가 왜 죽고 싶어?"

순간, 아차 싶었다. 아까 아이가 내 자리에 왔을 때 내가 한 낙서를 보았던 모양이었다. 나는 일부러 소리 내어 웃었다. 그리고 빗소리를 들으며 시(詩)를 쓰는 중이었다고 거짓말을 했다. 잠잠해졌던 아이가 내 거짓말에 도저히 속아줄 수 없다는 듯 다시 입을 열었다.

"오늘 죽는 게 나아요. 내일이 되면 죽고 싶지 않을 수도 있거든요."

나는 아이의 말에 적잖은 충격을 받았다. 내가 썼던 낙서는 '오늘 죽을까, 내일 죽을까'였다. 아이의 충고는 소크라테스, 니체보다 더 철학적이었고 잔인했으며 놀라웠다. 내일은 살 만

해질 거란 희망이 사람을 살게 하는데, 내일 살고 싶을 수도 있으니 죽고 싶은 지금 죽는 게 낫다는 말을 죽고 싶은 사람에게 하다니.

살아보니 아이의 말은 사실이었다. 비단 죽음뿐만 아니라 걱정과 고민도 내일이 되면 사라지거나 해결되는 경우가 많았다. 떼 지어 달려들던 불행을 당시에는 비겁하다고 느꼈는데 훗날 행복이 겹쳐서 올 때는 그저 기뻐하기만 했다. 안 좋은 일에만 의미를 부여하며 살았던 것이다.

시련이 오늘의 몫이라면 내일의 몫일지도 모를 희망도 제 몫을 다할 수 있도록 살아봐야 하지 않을까. 나는 이 심오한 인생 철학을 초등학생에게 배웠다. 나는 돈을 받고 글을 가르쳤지만 아이는 돈도 주고 인생까지 가르쳐주었다.

시절은 지나가고 세상은 변하지만

내가 자란 동네는 지대가 낮고 습지가 많았던 곳이다. 많은 비가 내린 다음 날이면 이 집 저 집 할 것 없이 집 안에 들어찬 물을 퍼내느라 전쟁이었다. 바짓단을 말아 올린 어른들은 바가지를 들고 부산하게 움직였다. 한바탕 물난리를 겪고 나면 마을엔 어김없이 방역차가 허연 연기를 뿜으며 무법자처럼 골목을 질주했다. 가뜩이나 습한 지역에 비까지 내렸으니 모기나 해충 등이 활개 칠 순서였다. 방역차 꽁무니를 쫓으며 소리를 내지르던 동네 꼬마 중에 나도 포함돼 있었다.

비가 억수같이 내린 다음 날에도, 방역차가 아이들을 삼켜버린 날에도 새벽부터 아침까지 발품으로 생계를 이어가던 엄마들은 쉬는 날이 없었다. 우리 동네에는 유난히 재첩국을 파는 엄마들이 많았다. "재첩국 사이소." 그 특유의 억양과 리듬감은 세상 어떤 소프라노보다 정확했고, 그 어떤 선율보다 가슴 아팠다. 찹쌀떡과 메밀묵을 외치던 사내의 낭만과는 상반되는 그 목소리를 나는 잊을 수가 없다. 어느 아이는 재첩국을 끓이던 엄마의 손으로 도시락을 싸갔고, 또 어떤 아이는 재첩국을 판 돈으로 육성회비를 냈다.

그 시절 이재민과 실향민이 유독 많았던 우리 동네의 사람들은 뭐든 해야 먹고 살았다. 바다와 강이 주는 건 닥치는 대로 얻어왔고 돈이 되는 건 뭐라도 해서 자식들을 굶기지 않고 공부시켰다. 군데군데 삭고 빛바랜 수건 한 장을 머리에 툭 걸치고 꽁지를 뒤로 말아 넣으면 엄마들의 작업 준비는 순식간에 끝이 났다. 멀리서 보면 하나같이 똑같은 모습이었다. 장화 발로 생선을 밟아 짓이겨서 어묵을 빚었고, 새벽에 재첩을 팔던 손은 땡볕 아래 김을 널어 말렸다.

올해는 목비를 가장한 장마 같은 봄비가 길기도 하였다. 덕분에 잊고 살았던 어느 시절이 고요하게 찾아왔다. 시절은 지나가고 세상은 변하지만, 밤하늘 별 같은 한 시절처럼 그리움으로 남을 수 있는 사람이었으면 좋겠다. 비바람이 모가지를 비틀어도 꽃은 꽃이고 봄은 봄이다.

빨간색 이불을 사야겠다

—

나는 한때 흰색과 검은색 옷만 입었다. 무채색이 좋았다. 특히, 흰색을 유난히 좋아했다. 새하얀 이불만을 선호하는 나를 두고 지인들은 우려 섞인 말을 하곤 했다. 흰색은 때가 잘 타서 부담스러울 텐데 이불 빨래를 감당할 수 있겠냐는 것이었다. 그때마다 나의 대답은 한결같았다. 색이 짙다고 때가 타지 않는 것은 아니라고. 나는 흰색이 좋았다.

'흰'이 가진 단호함. 하나의 음절로 이루어진 형용사가 주는 위태로움과 보호 본능, 형용사 뒤에 어떤 명사도 넣지 않은 부재의 힘 같은 게 있다. 그저 어떤 것이든 원하는 대로 가져다 놓고 '흰'이라 우겨도 무방할, 부재의 힘이란 그런 것일지도 모르겠다.

언니 장례를 치르고 와서 언니의 옷을 태웠다. 왜 그래야 하는지도 모르면서 엄마가 시키니까 그렇게 했다. 아파트에 사는 엄마를 대신해서 산골에 사는 내가 태웠다. 꼭 태워야 한다면, 자식을 잃은 엄마보다는 내가 태우는 것이 나았다. 나 혼자였다. 비가 왔다. 조금 무서웠고 오래 울었다. 언니가 입던 옷들이 언니처럼 재가 되었다. 언니가 마지막으로 입었던 옷, 수의를 나는 기억할 수밖에 없다. 내가 고른 것이기 때문이다. 언니가 입을 수의를 고르는 내내 흰색이 무서웠다.

흰색은 심리학에서 볼 때 순수 또는 미성숙, 그리고 침묵을 의미하기도 한다. 하얀 침묵. 나의 침실에는 언제나 하얀 침묵이 흐르고 있었다. 침실에 들 때면 자못 경건한 마음이 들었던 이유인 것 같다. 불면증이 심해서 수면제를 달고 살았던 내게 하얀 침실은 무의식에 빠질 수 있는 세계였다.

세상 모든 슬픔을 말하는 하얀 것들에 측은지심이 생겼다. 측은지심은 사랑의 씨앗이 되기도 하지만, 어떤 경우에는 그 반대의 씨앗이 되기도 한다. 언니가 죽고 난 후 나는 그렇게 좋아했던 흰색이 싫어졌다. 하얗기가 싫어졌다. 침묵하기가 싫어졌다. '어쩌면 태초의 세상은 인간의 눈으로 바라보지 못할 만큼 눈부시게 사랑스러운 흰색이 아니었을까.'라는 문장을 어느 글에 쓴 적이 있었다. 흰색이 싫어진 지금, 저 문장을 바꿔서 쓰자면 이렇다. '세상에 눈부시게 사랑스러운 흰색은 없다. 흰색은 늘 우리를 떠나고 흰색은 반드시 더러워진다.'

사랑하는 사람의 죽음을 겪고 나면 남겨진 사람은 어떤 식으로든 변하는 것 같다. 더 이상 내게 흰색 이불 따위는 없다. 나는 이제 무채색은 다 싫다. 빨간색 이불을 사야겠다.

놓지 못하는 게 병이라면

분명 계절은 봄의 한가운데에 우뚝 선 것 같은데, 나는 아직 춥다. 4월 말을 맞아 난방기를 창고에 집어넣고 전기장판을 곱게 접어두며 대청소를 했다. 겨울 이불을 빨아 널고 적당한 두께의 이불을 꺼냈다. 그러나 바로 그날 새벽에 자다가 깬 나는 창고로 가서 다시 전기장판을 꺼내 침대 위에 깔아야 했다. 심지어 내복도 다시 꺼내 입었다. 매번 이맘때면 반복되는 일인데도 그렇게 봄을 당기고 싶은가 보다. 이제 여름이 오기 전까지 절대 겨울을 정리하지 않겠다고 다짐했다.

길고 지겨웠던 겨울을 완전히 정리하지 못해서인지 하루걸러 우울하다. 산은 밤마다 냉기를 뿜고 한낮의 아스팔트는 열기를 뿜는데 나는 권태를 뿜는다. 능력에 부쳤던 여러 작업은 과연 내 실력을 조금이라도 키워주었을까. 처음으로 줌 강연이라는 것을 해보았고 국내 한 지역의 문화와 역사를 분석해서 쓴 글을 마감 전에 송고했다. 목돈을 만질 방법은 공모전에 당선되는 길밖에 없기에, 청탁에 의한 작업이 아닌 오로지 의지로만 장편 소설을 집필하는 동안 편두통에 시달렸다.

그사이 빚은 백신 없는 바이러스처럼 늘어났고, 구두 계약했던 대학교 강연이 코로나로 인해 취소되었다. 수입이 생기는 일들이 다 빠지고 나니, 기다렸다는 듯 엄습한 권태. 목덜미를 툭툭 때리며 계속 이 삶을 유지해야 하는지 자문한다. 기력은 바닥났고 가난한 예술인에게 희망은 보이지 않는다.

이도 저도 아닌 어정쩡한 작가로 살 바엔 절필하고 싶은 생각이 굴뚝같으나, 이도 저도 아닌 시기를 가늠할 수가 없다. 부질없는 희망에 자학하듯 무릎을 꿇는다. 무릎을 꿇었으니 다시 글을 쓰며 살겠지. 꿈이란 것은 분명 지독한 마약이 분명하다. 아주 작은 가능성이라도 인정받아 본 사람이라면 벗어날 수 없는 병. 우리는 저마다 비슷한 병을 안고 살아가고 있을지도 모르겠다. 꿈, 희망. 이걸 놓지 못하는 게 병이라면, 과연 치료제는 있을까?

나는 아직 겨울을 정리하지 못했다. 봄이 되면 꽃이 피듯 사람살이에도 정기적으로 희망이 싹트는 세상이라면 좋겠다.

우리의 절망은 우리만 알아요

—

체육관에서 일한 적이 있었다. 배려 깊고 자상했던 관장님에게는 곧 성인이 될 아들이 두 명 있었다. 몸도 마음도 가정도 평안해 보이는 관장님은 누구에게나 친절했다. 어느 날, 관장님이 차량 운행을 마친 후 어묵꼬치를 사 왔다. 날씨가 우중충하니 흐렸다. 이런 날엔 낮술이나 마시면 좋겠다고 생각하던 차에 만난 어묵꼬치. 술은 마실 수 없었지만 우리는 마주 앉아 어묵을 먹었다. 우물우물 어묵을 씹던 관장님은 평소에 하지 않던 자신의 이야기를 들려주었다.

어린 나이에 결혼하자마자 아기가 생겼다고 했다. 딸이었다. 천사 같은 아기는 불치의 병을 안고 세상에 왔다. 제대로 눈도 뜨지 못한 채 고통스러운 치료가 시작되었다. 젊고 건강했던 부모는 자식의 고통을 지켜볼 수밖에 없었다. 아기가 별이 되었을 때, 아내는 무너졌다. 남편은 매일 술만 마셨다. 어떻게 견뎠는지 기억나지 않는 세월이라고 했다. 고통을 함께 짊어진 부부. 오직 두 사람만 서로의 마음을 이해하고 공감할 수 있었을 것이다. 부부는 서로를 위로하고 보듬어주며 끔찍한 절망의 터널을 건너기 시작했다. 그 터널의 끝에서 큰아들이 선물처럼 와주었다.

밝고 인자한 웃음으로 아이들을 맞이하는 관장님의 얼굴은 별다른 고비를 겪지 않고 살아온 사람처럼 보였다. 그런 상처가 있었다는 것이 믿어지지 않았다. 관장님은 퉁퉁 부어오른 어묵꼬치 하나를 내게 건네며 말했다.

"사람들은 몰라요. 말을 해줘도 몰라요. 그 시절 우리의 절망은 우리만 알아요. 우리만 알면 되죠. 드세요. 다 불어터졌지만, 맛있네요."

관장님은 도복 위에 검은 띠를 조여 매고 사무실 밖으로 나갔다. 나는 불어터진 어묵을 집어 들었다. 살면서 나 혼자서 견

뎌온 나의 절망들이 떠올랐다. '우리'가 아니어서 더 절망했었는지, 혼자여서 오히려 다행이었는지를 생각하면서 마지막 어묵을 먹어치웠다. 절망을 함께 겪을 사람이 있다는 건 버티고 이겨낼 힘이 되지 않을까 싶어 옆구리가 시렸다.

산타클로스가 필요한 나이

크리스마스가 다가오면 심심찮게 쿠폰 문자를 받는다. 산타클로스가 따로 없다고 생각했다. 정작 어릴 때는 크리스마스 선물을 받지 못했다. 그 시절 딸의 동심을 채워주기에 내 부모님은 먹고 사는 일을 해결하는 것만으로도 몹시 빠듯했다. 그래도 나는 크리스마스 전날이 되면 내가 가진 가장 큰 양말을 머리맡에 걸어놓고 잤다. 양말은 매번 텅 비어있었다. 산타클로스가 없다는 사실은 일찌감치 깨달았기에 내가 착한 아이가 아니라서 양말이 비어있다는 자괴감은 들지 않았다. 더러 선물을 받았다는 친구들을 보면서도 부럽지 않았다. 산타클로스가 부모님이라는 걸 눈치채고는 어른이란 참 유치하다는 생각도 했었다.

우는 아이에게는 산타클로스가 선물을 주지 않는다고 했다. 착한 아이에게만 찾아온다고 했다. 지금 생각해보면 어릴 때부터 보상 행동을 가르친 것이 아닌가 싶다. 왜 우는 것이 나쁜지, 왜 착해야 하는지 설명하는 어른은 없었다. 그저 선물을 받기 위해 12월의 아이들은 착해야 했다. 글로벌 스타인 산타클로스를 양육에 이용한 어른들은 자신이 산타가 되는 피곤을 감수했다.

내가 아무리 착한 일을 해도 내게는 산타클로스가 오지 않았다. 위장한 가짜 산타도 보지 못했다. 그래서 나는 울고 싶을 때 울고 나쁘고 싶을 때 나빠도 된다고 생각했다.

중년이 되어서야 나는 산타클로스의 존재를 믿기로 했다. 비로소 산타클로스가 필요한 나이가 된 것이다. 착한 마음은 어린이가 아니라 어른에게 요구해야 마땅하지 않을까. 내 마음이 빛날 때, 그때 그 빛이 이정표가 되어 산타클로스가 찾아온다는 의미로 내 삶에 그를 부활시켰다. 먼저 선의를 베풀자. 작은 미소에 감사하자. 별것 아닌 것들로 마음을 닦았더니 정말 양말 속이 가득 차기 시작했다. 쿠폰으로 가득 차기 시작했다. 산타클로스도 바보가 아닌 이상 여태 굴뚝 찾아 헤매진 않을 것 같고, 혹시 요즘 아이들은 양말이 아닌 휴대폰을 머리맡에 걸어두고 자는 걸까.

끝까지 작가로 살겠다

—

작가가 되어 들은 말 중에 가장 복받쳤던 문장은 다음과 같다.

"오늘도 고맙습니다. 어제보다 오늘 더 고맙습니다."

몇 날 며칠 동안 그 말을 복기했고 그때마다 눈꺼풀이 바르르 떨리는 것을 느꼈다. 지금의 내가 타인을 위해 할 수 있는 거라곤 글 쓰는 일밖에 없는데, 무엇이 그리도 고마웠을까. 며칠 후 다른 사람에게 비슷한 말을 들었다.

"살아주셔서 감사합니다. 작가님."

이 사람들이 나한테 왜 이럴까. 무섭게. 눈물 나게.

아무짝에도 쓸모없을 것 같았던 내 존재도 어쩌면 작은 가치

하나는 있지 않을까, 라는 긍정의 생각이 열렸던 건 몇 해 전이었다. 수필을 써서 상을 받았고 글이 문예지에 실렸다. 그 글을 보고 팬이 되었음을 자청하신 어떤 분이 출판사를 통해 내게 후원하고 싶다는 의사를 밝히셨다. 출판사에서는 내 의사를 먼저 묻기 위해 내게 연락을 했고, 내가 가장 먼저 궁금했던 것은 그분의 성별이었다. 목소리 지긋하신 여성분이라는 말을 전해 들었다. 그렇게 우리는 연락이 닿았다.

그녀는 자신도 어려운 시기를 겪었고, 내가 딸 같기도 해서 마음이 쓰인다고 말했다. 그날 내 통장에 오십만 원이 입금되었다. 누군가가 내 삶을 후원하는 일은 처음이었다. 무슨 인복인지 그 이후에도 다양한 후원을 받았지만, 첫 책을 출간하고서 가장 먼저 떠오른 사람은 그분이었다. 책을 보내드리고 싶다고 연락을 드렸더니 끝까지 사서 읽겠다고 하셨다. "정말 축하해요." 그분의 축하가 진심이라는 것이 제대로 느껴져서 온몸이 뜨거워졌다. 나는 그런 힘으로 바닥에서 무릎을 털고 일어났다.

문학마저 집어치우고 싶어질 때마다 떠오르는 사람들이 있었다. 잘 알지도 못하는 내게, 한 번도 만나보지 못한 내게 자꾸 손을 내미는 사람들. 내가 밥은 먹고 사는지, 어디 아픈 데는 없는지 걱정하는 사람들. 끝까지 포기하지 말라고 나 대신 내 운명에 구애를 펼치는 사람들. 아무리 습작을 해도 삐걱대기만 하는 나의 글을 좋아해 주는 사람들. 이 글을 쓰는 지금도 내가 울먹이고 있다는 것을 아는 사람들. 이번 생에 내게 도착한 사람들. 나의 사람들.

나는 이제 계속 쓸 수밖에 없다. 그것만이 보답이라는 걸 알고 있다. 매너리즘에 빠지고 번아웃이 온다 해도 극복할 문제지 포기를 언급할 문제는 아니다. 내가 작가가 되고 나서 받았던 모든 기적을, 기적이 필요한 다른 사람들에게 되돌려주고 싶다. 그러니 나는 끝까지 작가로 살겠다.

쓰는 사람, 이은정

2021년 7월 14일 초판 1쇄
2021년 7월 15일 초판 2쇄

지은이·이은정
펴낸이·박영미
펴낸곳·포르체

편 집·원지연, 류다경
마케팅·문서희, 박준혜

출판신고·2020년 7월 20일 제2020-000103호
전 화·02-6083-0128 | 팩 스·02-6008-0126
이메일·porchebook@gmail.com

ISBN 979-11-91393-21-7 (03810)

• 이 책의 국립중앙도서관 출판시도서목록은 서지정보유통지원시스템 홈페이지(http://seoji.nl.go.kr)와 국가자료공동목록시스템(http://www.nl.go.kr/kolisnet)에서 이용하실 수 있습니다.
• 잘못된 책은 구입하신 서점에서 바꿔드립니다.
• 책값은 뒤표지에 있습니다.

KOMCA 승인필